Die Liquidatorinnen. Das Land steht unter Strom. Aber es ist sich nicht einig, in welche Richtung die Weichen gegen Treibhausgase und die drohende Klimaerwärmung gestellt werden sollen. Noch gehen Franzi, Hedy und Irma dem Kraftwerkstorso beim Rückbau beherzt an die Armierung, ansonsten aber verengt sich der Ausblick auf die Energiewende zu einer ideologischen Schießscharte. Unter der Kernreaktorkuppel begreift sich das Matriarchat als neue Avantgarde einer Arbeitsbrigade, die der Nation den Weg in eine grüne Zukunft weisen soll. Doch draußen lodern bereits die Feuer des Aufruhrs in den Torfmooren, sägen Partisanen an den neuen Stromtrassen, mit denen die Energiebarone von gestern den Reibach von morgen machen.

Zerschossene Hoffnungen und bigotte Unterwürfigkeiten haben die fleißigen Lieschen geschliffen und schicksalshaft ins Rattenloch der Big-Data-Ära gespült. In der kafkaesken Verbannung sind sie frei von jedweder Schuld, die Verrohung der Welt vollzieht sich außerhalb ihres Anschauungs- und Erfahrungshorizontes. Dieses Frauendrama generiert surreale Momente um tragikomische Existenzen, Alltagsbeschreibungen monströser Arbeitsleben. Der Autor entwirft beklemmende Bilder des Ausgeliefertseins, der Vergeblichkeit von Sprache und Bewegung, die über das Schicksal seiner Figuren hinausweisen. Sie zeigen in eine Welt, in der die Existenz des Einzelnen nichts zählt, seine mögliche Funktionsfähigkeit für die Gemeinschaft aber am Ende seiner Tage erneut geprüft wird.

Thomas Herget wurde 1964 in Frankfurt am Main geboren. Neben seinem Studium in Darmstadt publizierte er für Zeitungen im deutschsprachigen Raum. Es folgten literarische Förderpreise und Stipendien. Journalistische Tätigkeiten unter anderem für taz, Frankfurter Rundschau und Passauer Neue Presse. Heute verfasst er Film- und Theaterrezensionen, zeichnet für das Bühnen-Ressort eines Magazins verantwortlich und schreibt für Hörfunk und Theater. Er lebt in der Nähe von Kiel.

„It's better to fade away like an old soldier than to burn out"
John Lennon

Thomas Herget
Die Liquidatorinnen

Drama

Veröffentlicht als Paperback bei BoD, 2022.
Alle Rechte vorbehalten.
Copyrigt © 2022 Thomas Herget/Rechteinhaber.
Illustration und Gestaltung: Rhino Press.
Die Deutsche Nationalbibliothek verzeichnet diese Publikation
in der Deutschen Nationalbibliografie.
Detaillierte bibliografische Daten sind im Internet über
http://dnb.dnb.de abrufbar.
Herstellung und Verlag: BoD - Books on Demand, Norderstedt.
ISBN: 978-3-7557-9631-2

Inhalt

Die Liquidatorinnen

Personen

FRANZI, *die Jüngste*
IRMA
HEDY, *die Älteste*

Radiostimmen, Geräusche

Zeit, Ort und Anmerkungen

1.
Heute oder in naher Zukunft. Unser Kernkraftwerk befindet sich im Rückbau, steht kurz vor der romantischen Verwilderung, in einem vom Netz genommenen, aber noch teilfunktionalen Zustand. Eine kathedralenartige Anmutung, trotz endzeitlicher Einbettung, augenscheinlich fernab jedes menschlichen Siedlungsgebietes.

2.
Musik nur zwischen den Szenen. Songs von Agnes Obel. Wahlweise oder im Wechsel die Instrumentalstücke „Roscian", „Droseria" und „Parliament of Owls". Dystopisch wiederkehrende Soundschleifen, die der Dauer möglichst kurzer Umbaupausen anzugleichen sind. Keine Musik zwischen fünfter und elfter Szene, in dieser Bilderfolge bedingen komödiantische Slapstick- und Screwball-Elemente rasante Wechsel.

3.

Die Sprache, die sie absondern, dient den Liquidatorinnen nicht zur Bewusstseinsmachung einer bestimmten Form von Ästhetik oder Schönheit, mit der sie sich von ihren Mitstreiterinnen abheben wollen. Sprache liefert ihnen allenfalls den Nachweis über die eigene Existenz, den steten Impuls, dass alles Gesagte nicht unwidersprochen bleiben sollte. Diese Sprache ist ebenso uneitel wie in einem kindlichen Sinne derb. Worte als Werkzeuge einzusetzen, auch um Teile der eigenen Unvollkommenheit abzutragen, provoziert Widerstand, der hier als Arbeit aufgefasst werden darf. Sprache ist Plackerei plus Überwindung. Das sollte im Stück als Anstrengung wahrgenommen werden.

4.

Als Liquidation wird die Abwicklung einer Gesellschaft durch den Verkauf aller Vermögensgegenstände bezeichnet. Der Liquidator ist dabei das Organ einer Vereinigung und haftet in dieser Funktion, etwa bei der Erfüllung steuerlicher Pflichten. Im engeren Sinn als Liquidatoren wurden auch die Beschäftigten bezeichnet, die 1986 nach der Havarie des Reaktorblocks in Tschernobyl den stark strahlenden Schutt und die Grafitblöcke entfernen mussten, die vom Druck der Explosion auf die Dächer der Nebengebäude geschleudert worden waren. Diese Personen wurden auch „Bioroboter" genannt, weil sie die wegen der Strahlung versagenden deutschen und japanischen Räumungsroboter kongenial ersetzten. Nach

Angaben der WHO gab es 600 000 bis 800 000 Frauen und Männer, die in der heutigen Ukraine als Liquidatoren im Einsatz waren. Von den 400 000 offiziell Registrierten erledigte rund die Hälfte die Arbeit, ohne dass sie dafür Belege erhielten. Bis heute sind die meisten Daten über das Ausmaß der radioaktiven Bestrahlung von Personal, das bei der Liquidation der Kraftwerkskatastrophe in der einstigen Sowjetrepublik teilgenommen hat, unter Verschluss. Bekannt ist aus der Ukraine die Zahl von 17000 Familien von Hilfskräften, die eine geringe staatliche Rente erhalten. Spricht die WHO von „weniger als fünfzig unmittelbaren Todesopfern", so schätzt das Otto-Hug-Strahleninstitut in München die Gesamtzahl der bis 1999 verstorbenen Personen auf über 50 000. Viele der noch lebenden ehemaligen Liquidatorinnen und Liquidatoren leiden noch heute unter der Strahlenkrankheit und müssen sich regelmäßig ärztlich untersuchen lassen. Ihnen ist dieses Stück gewidmet.

Erste Szene: Vorspiel und Absolution

Theaterprobe in einem Reaktorgebäude. „Der Disney-killer", sehr frei nach Philip Ridley. Annähernd völlige Dunkelheit. Ausgeleuchtet nur ein Kreis vorne an der Rampe, an der die junge Franzi unter improvisiert angeordneten Leuchtkörpern fürs monologische Vorsprechen übt. Irma und Hedy unsichtbar an den Seiten, anfangs sind nur deren Stimmen zu hören, die Franzi kaum wahrnehmbar, doch unnachgiebig soufflieren.

FRANZI Da stand ich vor dem Altar, mit sieben tollwütigen Tieren, die durch den Mittelgang auf mich zukamen. Ich hab ein paar alte Bibeln genommen und nach ihnen geworfen. Hat nichts genützt. Die Hunde haben die Bibeln zerfetzt. Ich hatte solche Angst. Und die Hunde rochen das. Meine Furcht. Sie wurden davon angezogen. Sie kamen immer näher und näher. Ich konnte ihren Atem auf meiner Haut spüren. Heiß und nach Kotze stinkend. Ich wich zurück. Stolperte ein paar Stufen hoch. Ich wollte beten. Aber ich konnte nicht. Ich wusste, wenn ich beten oder ein Kirchenlied singen könnte, dann würden sie mich in Ruhe lassen. Aber ich konnte nur schreien. Dann fiel mich einer der Hunde an. Ich sprang hoch. Hielt mich an etwas fest. Es war glatt. Kalt. Hart. Ich begann zu klettern. Wie man auf einen Baum klettert. Ich war schon halb oben, als ich bemerkte, dass ich den Marmorkuchen vergessen hatte -

HEDY - das Marmorkreuz.

FRANZI - dass ich das Marmorkreuz vergessen hatte -

IRMA - und geklettert. Du bist auf dieses Kreuz geklettert -

FRANZI *genervt* - dass ich auf dieses scheiß Marmorkreuz geklettert war und mich mit meiner Brust fest an die Brust von Christus drückte. Ich fühlte mich so getröstet und in Sicherheit. Dann schnappte der Hund nach meiner Scham. Riss mir die Klamotten vom sündigen Leib -

HEDY - Moment. Das steht hier nicht. *Man hört sie blättern.*

IRMA Wir hätten ‚Die gelbe Tapete' nehmen sollen. Irgendein feministisches Stück.

HEDY Hier steht, dass der Köter nach ihrem Fuß schnappte und ihr einen Schuh stibitzte.

IRMA Jedenfalls keinen englischen Autor. Wer zeichnet eigentlich für den Spielplan verantwortlich? Diese moderne Sprache begreift keine Socke, Hedy. Die Engländer versteht ohnehin niemand mehr.

HEDY Es ist ein Spiel, Irma.

FRANZI Hat der Ambros auch immer gesagt.

HEDY *verständnisvoll* Lass ihn ruhig raus, Kleines.

Sie und Irma treten ins Licht, den Dramenabdruck in Händen.

FRANZI Sprich nicht über irgendwas, von dem du keine Ahnung hast, hat er gesagt. Dass mir Worte, die ich kaum aussprechen kann, mal über die Lippen kommen, das hätte er nicht mögen wollen, der Ambros. Warum soll ich mir über die Schönheit von Sätzen das Hirnkastl zermartern, wenn diese Ungetüme mir aus dem Mund purzeln wie heiße Kartoffeln? Wie ich ein junges Ding war, vor zehn Jahren vielleicht, da hab ich in dieser kleinen Stadt ohne Namen gewohnt, auf die konnte man gut schauen, weil die Fundamente für das Kraftwerk noch nicht gegossen waren, da waren sie alle hinter mir her von wegen, was ich alles mit dem Ambros angestellt hatte. Heiliger Pimmelprinz! Damals hätte keine einen Pfifferling darauf gegeben, dass aus diesem kümmerlichen Zipfel mal ein gefräßiger Drache aufsteigen würde, am wenigsten der Ambros selbst. Anfangs ist der Pangraz noch zum Nacktbaden mitgewesen, alter Mostschädel, aber am Schluss nicht mehr, weil er sich beim Freimachen immer so genierte. Kartoffelbrei haben wir ihn genannt, wegen der Haut, die bleiche Sacknase. Wenn wir nicht in die Schule gehen wollten, haben wir uns unten am Fluss verkrochen, in einem Erdloch unter Dornengestrüpp. Mit den bloßen Händen hab ich das ausgehoben, was den Ambros auf die Idee gebracht hat, dort seine trotzkistische Bibliothek zu verbuddeln und ständig Blücher zu zitieren.

HEDY *nachsichtig* Büchner.

FRANZI Tod allen Hunden, die ihre Nase hier reinstecken, haben wir geschworen, und dann haben wir gelacht, weil wir doch selbst die übelsten Streuner waren, die in ihr Nest strullerten, wenn es draußen pisste. Während Tang und Treibholz unter den dunklen Brückenbogen flussabwärts geschwommen ist, hat der Ambros andauernd von der Schönheit der Revolution geschwärmt, was ich nie kapiert hab, weil im Grunde nur Madonna diese Schönheit beanspruchen darf. Oder Carly Simon. Natürlich auch Regentropfen. Viel Glück, Treibholz, hab ich dem also nachgerufen, auf seinem Weg nach Timbuktu, und dann hab ich mir die Lippen angemalt wie Madonna, so rot und nuttig, dass der Ambros gleich hat

kommen mögen, direkt in meine Hand, die den zu-
ckenden Zipfel fahrplanmäßig zur Wartung im De-
pot verdonnert hat. Anschließend bin ich dagesessen
und hab mir einen Wassertropfen an einem Blatten-
de angestiert. Der konnte sich nicht entscheiden, ob
er fallen wollte oder nicht. Mir doch schnurz, denk
ich, lass dir nur Zeit, du Tropfen, wir haben mehr
Zeit, als wir je verplempern können.

IRMA Sie sagen, du hättest ihn an die Revolte verloren.

FRANZI Wer sagt so was?

HEDY *beschwichtigend* Lass sie reden.

IRMA Die Frauen aus Q9.

FRANZI Plappern daher, weil sie den Drachen nie
haben bändigen können. Geiferndes Gesocks. Wer
ihn nie geritten hat, weiß nichts von der Schönheit
des Schmerzes, des Glücks, wenn einem das Unge-
heuer aus dem Sattel hebt. Ich denk, ich geh mal
rüber zu den Jodelschnepfen und zerkratz ihre hüb-
schen Gesichter. Irma, du solltest mal hören, was
die aus T5 über euch sagen, diese Missgeburten von
Schluckludern. Gerade über dich, Miss Piss-Piss.

IRMA Was schert's mich.

HEDY *zu Franzi* Weine ruhig, wenn dir danach ist.

IRMA Dann können sich die Tränen mit den Wassertropfen vereinen, zu einem Glück, irgendwo dort
unten in Timbuktu.

FRANZI Ihr ratscht wie steinalte Mütter. Bist ein antikes Muttchen, hab ich dir das schon gesagt, Hedy? Dieses letzte Stück Nähe sollte nicht verzehrt werden. Aufgespart gehört es, für finstere Zeiten, damit sie mich dann entzünden kann, diese Nähe. Die wärmt das Murmeltier noch wie eine Speckschicht, wenn alle guten Geister von ihm abgerückt sind. Lasst die vergossenen Tränen jetzt mal beiseite, die sind sowieso in ein paar Minuten verdunstet.

IRMA Wir müssen den Text auch nicht zu Ende proben. Wir verfolgen ja kein didaktisches Ziel.

HEDY Mitunter liegt die Kraft im Fragmentarischen.

IRMA *mitfühlend, zu Franzi* Dann musst du die Worte nicht aus den Magen hervorquetschen.

HEDY Nicht heute, nicht morgen.

FRANZI Und das Vieh schnappte nicht nach meiner Vulva?

IRMA Der Fuß war's.

FRANZI *im Deklamations-Modus, widerwillig* Dann schnappt die Bestie eben nach meinem verdammten Fuß. In Gottes Namen, ja! Riss mir den Schuh herunter! Meine Zehen bluteten. Ein Blutstropfen landete im aufgerissenen Maul von einem der Hunde. Der drehte durch. Fing an, aufs Kreuz zu klettern. Ich aber kletterte höher, umklammerte mit meinen Beinen die Brust des Erlösers, hing mit aller Kraft an dessen Dornenkrone. Da fing der Sockel vom Kreuz zu bröckeln an. Alles fing an zu schwanken. Jeden Moment konnte es umstürzen und mich der Hundemeute ausliefern. Wie einen Muselmann den hungrigen Löwen -

HEDY *dazwischen* - Christen -

FRANZI - Wie einen Muselmann den hungrigen Christen -

IRMA *energisch* Wie einen Christen den hungrigen Löwen! Franzi, jetzt müssen wir korrekt sein, in religiösen Fragen. *Sie schaut ins Publikum, überfliegt den Zuschauerraum.* Man weiß ja nie, wer zu Gast ist.

FRANZI Ich dachte, es wäre ein Spiel. Habt ihr nicht gesagt, es ist ein Spiel?

Hedy und Irma nicken.

FRANZI Da wundert ihr euch, wenn ich Angst habe? Wenn die Franzi die Lippen von dem Christus küssen muss. Von einem fremden Mann!

IRMA Die Franzi küsst mal gar nicht. Deine Rolle küsst. Franzi, du spielst nur. Es ist ein Spiel.

FRANZI *empört* Und davon soll ich ergriffen sein? Kann mir mal jemand erklären, wie man da aus dem Häuschen sein soll? Wenn man genau weiß, es gibt da eine andere, die für einen spricht. Und dann noch irgend so nem Yeti an die Wäsche will.

HEDY *eindringlich* Aber diese Frau hat dich gefunden. Versteh doch: nur dich! Die Figur spricht aus dir. Du musst sie nicht suchen, Franzi, sie hat längst Besitz von dir ergriffen. Du kennst doch dieses Mädchen im Nachthemd - *Sie sucht den Namen.*

IRMA *dazwischen* - Regan.

HEDY Dieses arme Hascherl aus ‚Der Exorzist‘.

IRMA Ich denk, wir brechen ab. Außerdem hab ich Hunger.

Sie und Hedy wollen sich schon abdrehen, als Franzi, die von ihrer Rolle neu entbrannt zu sein scheint, fortfährt.

FRANZI Ich hatte solche Angst. Da hab ich die Lippen von diesem Christus geküsst. Rette mich, hab ich gesagt, lass das Kreuz nicht umstürzen. Aber im selben Moment fiel es um. Ich knallte auf den Boden. Die Hunde knabberten an meinen blutigen Fingern. Ich dachte, die fressen mich auf bei lebendigem Leib. Von wilden Hunden aufgefressen. Ich schrie mir den Verstand aus dem Leib. Hilfe! Hilfe! Und dann fielen Schüsse! Wie aus dem Nichts. Bei jedem zuckte ich zusammen. Ich sehe mich noch um. Die sieben Hunde sind tot. Blut sickert aus den Löchern in ihren Schädeln. Mir wird schlecht. Ein Priester kommt auf mich zu, er hat ein Gewehr in der Hand. Er fragt mich, ob ich wohlauf sei. Ja, sag ich. Er fragt, ob ich wegen der Beichte komme, und ich sage ja, weil ich glaube, dass er das hören will. Ich stehe doch in seiner Schuld, weil er mir das Leben

gerettet hat. Also gehe ich mit ihm in den Beicht-
stuhl, und dort fragt er mich, was ich Unrechtes getan hätte. Ich sage ihm, mir fiele gerade nichts ein.
Sei nicht dumm, sagt er, niemand ist vollkommen.
Ich weiß ja, er hat recht. Ich weiß, dass ich etwas
getan habe. Dass ich mal ein ungezogenes Mädchen
war. Ein schmutziges Ding sogar. Aber ich erinnere
mich nicht mehr, was es war. Ich sage ihm, mir fiele
nichts ein. Er sagt, ich solle schärfer nachdenken. Ich
fühle, dass er ärgerlich wird und bitter enttäuscht ist,
weil er mir doch die Algorithmen erteilen will -

IRMA *dazwischen* - die Absolution.

FRANZI Na schön, er will mir also diese Absolution erteilen, aber ich gebe ihm keine Chance dazu.
Schließlich sage ich: Ich habe die Lippen von diesem
Christus geküsst. Ich habe sie geküsst und sie haben
nach Pfefferminzschokolade geschmeckt -

IRMA Pfefferminzschokolade?

FRANZI Ja, das hat er auch gefragt. Der Priester.
Aber was soll ich der Schweinebacke denn sagen,
wenn sie doch nach Pfefferminzschokolade und nicht
nach Lakritz geschmeckt haben? Er nennt mich eine
Sünderin, und ich solle schleunigst bereuen. Ich frage ihn, ob er mir dann die Absolution erteilen kön-
ne, aber er sagt: Nein! Deine Sünden sind zu groß,
die werden der Welt zur Mahnung gereichen. Ich
weine, als ich die Kirche verlasse. Jesus Christus, ich

schwöre mir, nie wieder einkaufen zu gehen, wenn dort draußen die Sünde hinter jeder Ecke lauert wie der Spiegelwichser und nicht die Absolution.

HEDY *nach einer Pause, ergriffen* Es war wunderbar. *Sie applaudiert schwach, dann klatscht auch Irma. Schließlich wirken beide regelrecht mitgerissen, während Franzi erleichtert, aber verunsichert wie ein verlassener Hundewelpen dreinblickt.*

IRMA Welch schauspielerisches Talent in dem sündigen Ding schlummert.

HEDY *drückt die wie verkapselt wirkende Franzi kurz an sich.* Musst nicht zum Einkaufen gehen. Nicht in diesem Leben.

IRMA Warum auch? Wir haben doch den Bringservice abonniert.

HEDY Rund um die Uhr. Frei Haus. Lasst die Schnallen aus F7 ruhig sticheln.

FRANZI *streicht sich über den Bauch.* Etwas fehlt.

IRMA Was ist, hat dir die Diavolo nicht geschmeckt? Also, ich fand meine Capricciosa vorzüglich. Hedy, wie war denn die Quattro Formaggi? Du schienst zu kämpfen.

HEDY Stagioni, Irma. Die unschlagbare Quattro Stagioni. Nachdem sie frischen Käse und Kochschinken draufschmeißen und die salzigen Sardellen weglassen, lass ich die Formaggi glatt links liegen. Geht auch nicht so auf die Hüfte.

Während sich Hedy in die Hüfte zwickt, streicht sich Franzi über ihren nun deutlich vorgereckten Bauch.

FRANZI Es fehlt.

IRMA Ich glaube, die haben die Revolution nur ausgerufen, weil keine Sau mehr kochen will. Bis auf die Kanaillen aus F6.

HEDY Werden schon sehen, wohin sie der vegane Fraß bringt.

FRANZI Ins Grab hoffentlich. Schon wegen der fehlenden Eiweiße

IRMA Unsereiner musste dem Hasen das Fell noch über die Ohren ziehen. Schöne Sauerei.

FRANZI Es fehlt einfach.

HEDY *postulierend* Viva la servizio di consegna!

IRMA *postulierend* Unabhängigkeit für Italien, Freiheit für alle Pizzaboten und Lieferdienste!

HEDY *ungläubig* Sind das nicht Kurden?

IRMA Heute keine Politik.

HEDY Irma, von wem werden die noch gleich unterdrückt?

IRMA Woher soll ich das wissen? Machen wir unseren guten Geschmack jetzt an Volkszugehörigkeiten fest?

FRANZI *streicht sich über ihren kugelrunden Bauch, den sie unnatürlich aufbläht und vor sich herträgt.* Trotzdem, etwas fehlt.

Zweite Szene: Der hungrige Drache

Turbinenhalle, drinnen. Franzi, bewaffnet mit Spray-dosen, schleicht zwischen Generatoren und Schaufel-rädern umher, besprüht alles mit Parolen und Haken-kreuzen. Hedy taucht mit einem Staubsauger auf und beobachtet sie.

HEDY Sagst du mir, wenn's fertig ist?

FRANZI *nur schwach aufgeschreckt, kurz innehal-tend* Schläfst auch nur, wenn man's dir diktiert.

HEDY Hatte nie nen Wecker, immer nur nen Ver-dacht. Hast du das gewusst?

FRANZI Hältst mich jetzt für ne dumme Sau, was? Kannst dir ein Ei drauf pellen.

HEDY *sieht sich um* Na, richtig progressiv wirkt das nicht gerade.

FRANZI Autokratisch, sag's nur.

HEDY Autodidaktisch heißt es.

FRANZI Um solche Internate hab ich immer nen Bogen gemacht, merkt man, oder? Aber die Schweiz, die kenn ich. Denen hab ich mal in ihren edlen Rhein gepinkelt, bei Schaffhausen, wo sie noch so ein Monster aus dem Boden gestampft haben. Am Abend hat der Ambros dort meine Hand gehalten, und als die Sonne hinter den Kühltürmen schlafen gegangen ist, da hat er mir dann seine ewige Treue versprochen. Ich glaub, die Sonne ist noch mal aufgestanden, weil sie dachte, sich verhört zu haben, so ein misstrauisches Wesen.

HEDY Komm mal her

Franzi geht zu ihr. Hedy küsst sie auf die Stirn.

FRANZI Du hältst mich nicht für ne dumme Sau, oder?

HEDY Weil du autokratisch mit autodidaktisch in einen Topf wirfst?

FRANZI Das Chaos. Da ist immer so eine Unruhe im Kopf, Hedy. Wie bei einer Kreiselpumpe.

HEDY Glaubst aber nicht, ihm etwas schuldig zu sein?

FRANZI *verlegen* Och, der -

HEDY Kannst es ruhig rauslassen. Das eine Mal.

FRANZI Und das Herausgelassene stempelt mich dann sicher nicht ab zu ner dummen Sau?

HEDY Hast ja richtig Angst. Du zitterst ja.

FRANZI Sag schon.

HEDY Wenn ich nein sage, belügst du mich dann?

FRANZI Woher soll ich das wissen, wenn das Chaos doch entscheidet? Ich hätte gerne so eine Persönlichkeit, wie Madonna vielleicht, weil man ja sagt, dass die Wahrheit immer in Verbindung steht mit dieser Induktivität -

HEDY *dazwischen* Individualität.

FRANZI *legt die Hände an die Schläfen und massiert ihren Kopf* Ach, so ein Gewirre, das dort droben nimmer entweichen will.

HEDY Die Wahrheit spricht kein Urteil. In diesen Kategorien tickt die nicht.

FRANZI In welchen Kolonien tickt die denn?

Hedy will noch etwas sagen, drückt Franzi dann doch lieber einen dicken Schmatzer auf die Stirn. Zugewandt und nachsichtig.

FRANZI Ich hab den Ambros bedrängt, mit mir auf Muschelsuche zum Fluss zu kommen. Wir beten wie früher zum Großen Manitu und lassen uns von der Strömung ins Nirwana treiben, das wird eine Mordsgaudi geben, sag ich. Um Himmels willen, lass mal gut sein, sagt der Ambros. Gerechter Manitu, sag ich, Tod allen Kojoten, die unser Versteck plündern, den Trotzki und so weiter. Wir haben Kieselsteine über den Fluss hüpfen lassen. Einige haben es durch die braune Gischt bis hinüber ins brodelnde Kühlwasser geschafft. Wie ich dem Ambros zugesehen hab, wie er sich die hautengen Bermudas vom fetten Arsch gerollt hat und vorgeschwommen ist, nackt wie Manitu ihn geschaffen hat, da hätt ich am liebsten losgeheult, so ein Glück, das in mir hochgekrochen kam. Irgendwann werd ich dem strahlenden Scheusal die Eingeweide aus dem Leib reißen, dem brech ich sein stählernes Rückgrat und zieh ihm

26

den Stecker, sag ich, und der Ambros ruft irgendwas von nem Marsch durch die Institutionen, das man bis rüber ins dichte Schilf hören kann, und dass es bei Parolen nicht bleiben dürfe. Während wir forttreiben, ist alles so klar und glatt und funkelt, dass ich mir gedacht hab: Der Kühlturm knutscht den babyblauen Himmel, die Tage sind auf dem Weg. Die haben wir uns so wenig eingebildet wie die leukämiekranken Kinder und die missgestalteten Kühe im Stall meines alten Deutschlehrers, die zwar keine Augäpfel haben, dafür gleich mit zwei Köppen auf die Welt kommen, Herrgottsack! Bildet Banden, sagt der Ambros, der eine geht rein, der andere macht draußen die Nacht zum Tag und kapert keck die Taktik seiner Gegner. So hat er geredet. Und dass die Welt ja pausenlos Gründe liefert, loszuschlagen, ohne Wenn und Aber. *Sie betrachtet die Spraydosen in ihren Händen.* Mit großem Tamtam und Trara, sagt der Ambros, öffentlichkeitswirksam also, was ich mir gut merken kann, weil es das längste Wort ist, das sich jemals in mein kleines Spatzenhirn eingeschraubt hat. Die waren genau so, unsere Tage, die haben wir uns nicht eingebildet.

Sie sprüht weiter, annähernd im Takt ihres Redeflusses. Hakenkreuze und Parolen, prächtiger denn je. Ein orthografischer Abenteuerspielplatz.

FRANZI Die Polacken haben auf Streichhölzern

rumgekaut und Angelruten dabeigehabt. Hecht oder
so was. Raubfische sind im Frühjahr verboten, ruf
ich denen noch vom Fluss aus zu. Warum geht ihr
Seegurken nicht mal auf kapitale Karpfen, die wach-
sen wie Mastschweine heran in der trüben Jauche,
die hier reinrauscht. Aber die Polacken haben nur
ihre glitzernden Blinker rausgeschnickt, ihr Streich-
holzfressenlachen gelacht und geglotzt, als ob sie
nicht bis auf drei zählen können, drauf geschissen,
was kann ich schon dafür, wenn der Herrgott sich
nicht lumpen lässt und die Natur Vollausstattung
installieren lässt, was das Zeug hält, jedenfalls hat
der Ambros sich nie beschwert, wenn er an meinen
fetten Tüten hing wie ein Säugling, der hatte damals vielleicht drei Haare dort unten. Er sagt noch:
Franzi, fang bloß keinen Ärger an, nicht mit diesen
Stoffeln, mit denen ist nicht gut Kirschen essen.
Aber da hat er schon losgeschrien. Markerschüt-
ternd! Gebrüllt wie ein Ochsenkind am Spieß hat
der vielleicht, und ich seh noch, wie sich das warme Wasser um den Ambros herum blutrot verfärbt,
richtig unangenehm ist das, wenn sich die Leute im
Kettensägenkino in solchen Momenten immer die
Augen zuhalten und ihr Gesicht verziehen, während
man selbst bei diesen Bildern so ganz und gar nicht
die Segel streichen möchte. Deshalb hab ich mich
im Kettensägenkino auch immer in die erste Reihe

gefläzt, obwohl eigentlich nur für den Sperrsitz Moneten da waren, weil man nur ganz vorne wirklich spürt, wie das viele Blut und die Gewalt von einem Besitz ergreift wie eine Clique fieser Viren. Wie sich dieser junge, in der Entwicklung befindliche Körper nun mit dem frischen Erreger arrangieren muss, gewissermaßen nicht anders kann, als sich einer wunderbaren chemischen Reaktion hinzugeben. Schaut, was ihr meiner treuen Penispumpe angetan habt, sag ich den Trolldeppen noch ins Gesicht, keine Haare am Sack, aber ihr habt ihn schon an den Eiern! Der Ambros kann sich mit einem beherzten Griff an der Spundwand hochziehen, er ist kreideweiß, als er sich den Drillingshaken aus dem zerfetzten Hoden pult, ich seh den Schweiß auf seiner Stirn glänzen und das Taschenmesser in seiner Hand aufspringen. Den Bierschlampen, sagt Ambros, denen könnt ihr vielleicht ne lange Nase ziehen. Hättet mal besser den Ruski ausm Land gejagt, aber da hat euch Frühspritzer der Mut verlassen, ihr habt ja nicht mal ne richtige Heimat, weil ein Land, durch das nie die Revolution gegangen ist, sich nicht einfach so Heimat nennen darf, nö, sicher nicht. Discounutten aus dem Paradies vertreiben ist die eine Sache, sagt der Ambros, sich mit nem Büffeljäger wie mir anzulegen ne ganz andere, richtig gehört, ihr Kackdübel, das spielt jetzt alles Oberliga. Einer der Polacken holt ne Kippe raus und steckt sie sich an. Guck dir diese Platzpatrone an, sagt der Ambros. Guck ihn dir bloß an! Das will unser Kumpel sein, Franzi, so ein Hühnerdieb, den siehst du bei Tage nicht in unserm Dorf. Ich hab noch gesehen, wie die Kippe in dem Polackenmaul gewandert ist und wie sein Kopf genickt hat, als er was zu den anderen gesagt hat. Er hat den Rauch ausgeblasen, die Asche abgeklopft und die Angelrute abgelegt, dann ist er sich mit dem Arm über die Stirn gefahren, und das war meine Chance - rumms! der wusste gar nicht, wie ihm geschah. Ich weiß nicht, wie oft ich ihm eins mit dem Stein draufgegeben hab, bekomm nur aus den Augenwinkeln mit, wie sagenhaft schnell sich die anderen in die Büsche schlagen. Es reicht, sagt der Ambros zu mir, ich glaub, der hat jetzt genug. Aber die Franzi hat nicht genug. Die Franzi kann den Rachen nie vollkriegen. Sie hört das Blut in ihren Ohren rauschen und spürt, wie die warme Pisse an ihren Beinen runterläuft wie damals im Kettensägenkino. Sie registriert gerade noch, wie die Zuschauer sich abwenden und Reißaus nehmen. Wenn der Ambros es nicht geschafft hätte, mich von ihm loszureißen, hätte ich sein Hirn sicher bis zum Mittelpunkt der Erde eingepflockt. Ich hab ihm noch einen Tritt zu geben versucht, aber der Ambros hat mich schon im Schwitzkasten: Nein, nein! Franzi, der tut keiner Fliege mehr was zuleide, der ist schon über dem Jordan, schau nicht hin. Hat mich einen feuchten Dreck interessiert, wo der jetzt ist, ich hab nur gespürt, wie die Knie von dem Ambros nachgegeben haben und der es mit der Angst gekriegt hat. Wenn wir hier Oberliga spielen, sag ich zu dem, dann will ich jetzt ins Endspiel.

Hedy wienert seit einigen Minuten mit einem Staubtuch über alle möglichen Apparaturen. Franzi sieht, nachdem die Gegenwart sie wieder eingefangen hat, amüsiert zu.

FRANZI Warum wischt du denn drüber, wenn's doch zerlegt wird?

HEDY Auch das Demontierte will adrett sein am Ende.

Es klingelt. Ein Wandtelefon.

HEDY Geh nicht.

Franzi geht. Hebt ab.

FRANZI C4. Wer stört? *Kurze Pause, Franzi hält den Hörer zu, leise zu Hedy* Der Lieferdienst. *Weiter in den Hörer, nach einer kurzen Pause* Mmh, wie letzte Woche, denk ich. Diavolo, Quattro Stagioni und die mit Thunfisch. *Kurze Pause.* Tonno, right Sir. Und groß - *zu Hedy, dazwischen* Du willst deine Stagioni doch groß? *Hedy nickt, Franzi weiter* Alles groß, hören Sie? Wie letzten Monat, vergangenes Jahr eigentlich. Nur davor, da mussten wir umswitchen. Die Spinne unter der schwarzen Olive, erinnern Sie sich?

Nein? Diesen fetten Käfer zwischen der Aubergine und der Paprika, den haben Sie hoffentlich noch vor Augen, dieses Schabenartige? *Pause, in der sie die Empörung am Ende der Leitung gleichmütig über sich ergehen lässt.* Okay, vergessen Sie's einfach, aber spart bloß nicht wieder mit der Béchamelsoße über dem Thunfisch, der will ja schwimmen, der Fisch. Allein die Minzblätter, die könnt ihr Kanaken-Spackos euch sonst wohin schieben, wir leben ja nicht in Autonomie.

HEDY *ruft ihr zu* Anatolien!

FRANZI *zu Hedy, genervt* Dann eben das in Gottes Namen! Algerien. Angola, Armenien, die Azoren, den Wüstensöhnen wird es sowieso egal sein, diesen Schlüssellochfickern. *Wieder in den Hörer* War noch was? *Pause* Was denn für ne Vereinbarung? Ich kenn keine Vereinbarung. *Zu Hedy und in den Hörer* Sag mal, hast du ne Vereinbarung mit denen? *Hedy ruft ,Nee', Franzi weiter in den Hörer* Da hören Sie's. Fürs Geschäftliche ist nämlich unsere Hedy zuständig, die ist die Studierte.

Sie wartet, hört sich noch irgendwas an, legt dann auf. Kommt nach vorne. Es klingelt erneut. Das Wandtelefon.

HEDY Geh nicht.

Franzi geht. Hebt ab.

FRANZI Die Tussi von C4 wieder. Wer stört? *Kur-*

ze Pause. Schellen ist nicht, sehr richtig. Die Klingel hat's zerlegt. Vandalismus. Voodoo. Schiebt die Kartons mal schön unter dem Gitter durch, so machen's die Wärter bei den gefräßigen Tieren im Zoo. *Sie legt auf.*

HEDY Dem hast du's aber gegeben. Hast nicht mal gezittert dabei.

FRANZI Hab den Ambros noch bedrängt, mit mir zur Zerstreuung in die Berge abzudüsen, hoch hinauf, auf dreitausend Meter, bloß weg von dem strahlenden Ei. Aber er will in Kamasutra -

HEDY *dazwischen* - in Klausur -

FRANZI - Jedenfalls will er sich zurückziehen, mit seinen alten Kampfgefährten Mao und Trotzki, unten am Fluss, während ich das Volksfest aufmische. Die Schiffsschaukeln schienen jeden Moment abzuheben und vom Himmel verschluckt zu werden. So viel Gekreisch hatte ich noch nie gehört. Die Weiber haben sich an ihre Kerle geklammert und Aaah! und Uuuh! gefleht, der große Katzenjammer, als würde man sie vierteilen. Da gab es warmes Bier in dunklen Flaschen, große rosa Teddybären und funkensprühende Autoscooter, aber ich bin rüber zur Schießbude, um mir die Goldfische anzugucken. Ich weiß nicht, wie viele in der Glaskugel geschwommen sind, zwanzig vielleicht, und jedes Mal, wenn sie rumgeschnellt sind, hat's silbern geglitzert. Durch die Kugel hatte ich die Mädchen drüben bei den Autoscootern verzerrt im Blick, sie sind dagesessen, haben ihre Beine baumeln lassen und hinter vorgehaltener Hand gekichert. Erst haben sie zu mir rüber geschaut und sich in die Rippen gestoßen, dann haben sie wieder angefangen zu gickeln. Da war so eine kleine Blonde, die früher mal mit dem Ambros anbandeln wollte, die haben sie immer wieder versucht, zu mir zu schubsen. Komm, mach schon, sagt die mit den Sommersprossen zu ihr, aber die Blonde bläst wie eine Idiotin Kaugummiblasen und wird ganz rot im Gesicht. So haben sie eine Weile weitergemacht, und dann kommen sie doch tatsächlich zu dritt auf mich zu, soldatisch eingehakt, dass ich zuerst nicht gewusst hab, wohin ich gucken soll. Was ist, fragt die Schwarzhaarige, geht der Ambros jetzt schon zur Kirmes seine eigenen Wege? Der kämpft gerade für eine atomwaffenfreie Welt, sag ich, für ein bedingungsloses Grundeinkommen und ein Verbot von Legehennen, zusammen mit dem Blücher und dem Trotzki, den irren Teufelskerlen. Wundert mich nicht, wenn der auf seine alten Tage schwul wird, sagt die schwarze Schnalle doch, bei so einer Ficklesbe, die dem Ambros immer nur schöne Augen macht, aber seinen Kosakenzipfel verschmäht. Wir sind tipptopp im Bilde, sagt die Sommersprossige, wir wissen genau, dass du mit dem stolzen Ambros zusammen bist. Weißt du was? Kein bisschen bist du in den verknallt, nicht den Hauch, jetzt stehst du da wie Piksieben oder sehe ich was falsch? Wieder haben sie die Blonde geschubst, sie torkelt mir entgegen und rotzt ihren Kaugummi direkt vor meine Füße. Pass auf, wo du hinfällst, will ich noch sagen, aber bevor ich mir was zurechtstammele, hat sich meine rechte Gerade bereits auf die Reise gemacht. Der Blonden ist das Blut richtig aus der Visage geschossen, aus allen möglichen Löchern, meine Fresse! Das war überhaupt keine Absicht, der das Nasenbein zu zertrümmern, aber wo soll eine so eilige Faust denn hin, wenn sich der von jetzt auf gleich dieses windschiefe Organ in den Weg stellt? Als ich noch mal rüber zur Schießbude bin, hab ich sie nicht mehr über den Ambros feixen hören. Ich hab dann noch eine komplette Teddy-Familie geschossen, die Glubscher entspannt über Kimme und Korn, so einen ruhigen Abzug habe er sein ganzes Leben noch nie gesehen, sagt die Knallbohne von der Schießbude, bevor ich seine Glaskugelfische tüchtig unter Beschuss nehme und Fersengeld gebe. Da steckte sicher der Pangraz dahinter, dass jetzt das halbe Dorf hinter mir her war.

Sie schaut Hedy erneut entgeistert beim Wienern zu.

FRANZI Warum sagst du nichts?

HEDY Was soll ich schon sagen?

FRANZI Irgendwas. Vielleicht.

HEDY Ist nicht einfach.

FRANZI Was?

HEDY Irgendwas zu sagen.

FRANZI Dann gibt es also nichts?

HEDY Ja.

FRANZI Aber das Zuhören, das fällt dir leicht?

HEDY *genervt* Franzi, wir sind zum Arbeiten hier. Arbeit ist Leben. Erst die Unvereinbarkeiten bringen den Tod. Das ständige Reden und Nachdenken darüber. Der Konflikt. Gehst du nicht ins Kino?

FRANZI Es macht dir also nichts aus, wenn ich mir das Hirn zermartere und den Mund fusselig rede? Sag halt, dass ich dich langweile.

HEDY Dachte, dir erleichtert's das Herz.

FRANZI Och, das schlägt, um den Körperladen am Laufen zu halten, dieses trommelnde Feuerherz.

HEDY Sag nicht, dass du's verfluchst!

FRANZI Wie könnt ich es lieben, wenn mir allein der Disput einen Rest von einem Leben einzuhauchen vermag?

HEDY So redet's sich daher, wenn man jung ist.

FRANZI Hat dich die Auseinandersetzung nicht einst in die Ukraine getrieben? Als du jung warst?

HEDY Blödsinn. Wer redet so?

FRANZI Hab Irma neulich nachdenken hören.

HEDY Irma. Ständig muss sie nachdenken, laut

noch dazu. So ein Plappermaul.

FRANZI Warst du dort?

Nach einer Pause packt Franzi die Antwort verweigernde Hedy energisch am Arm.

FRANZI Du warst also dort!

Hedy reißt sich von Franzi los, schaltet den Staubsauger ein. Eine Höllenmaschine. Während sie die herumwuselnde Hedy einzufangen versucht, sieht man Franzi reden und die Lippen bewegen, versteht aber kein Wort.

Dritte Szene: John Wayne und der Chirurg

Im Reaktorgebäude. Franzi und Hedy auf einem Gerüst beim behutsamen Demontieren scharfkantiger Lochblechblenden. Schwimmend zieht Irma im Abklingbecken ihre Runden. Zu sehen ist nur ihr Kopf, die Haare sind zu einer Turmfrisur hochgebunden. Aus einem Baustellenradio hört man Leute in einer Diskussionssendung streiten, auf Rumänisch, was befremdlich klingt. Nach einer Weile schwingt sich Franzi vom Podest und schaltet das Radio aus.

FRANZI *rechtfertigend* Es ist nur: Ich verstehe nichts.

HEDY Geht mir auch so.

FRANZI Wie? Du hörst dir etwas an, das du nicht

verstehst?

HEDY Ich mag den Klang, den Sound der Sprache. Heimat eben.

FRANZI Ist das überhaupt ne Sprache?

IRMA *dazwischen* Rumänisch. Hedy, sag der Franzi mal, dass du von dort kommst.

HEDY Mutter musste das noch sprechen. Schon in der Schule, weil der Ruski in Moldawien bereits die Stiefelhacken zusammenschlug. Aber daheim gab es Hausmannskost, die alten Lieder, die deftigen Knödel. Die Sehnsucht kam, als sie uns rausgeworfen hatten. Mit Sack und Pack, dem wenigen, das man am Leib trug. Die Sehnsucht kann ein mythischer Ort sein, sie keimt nur dort, wo man gerade nicht ist.

IRMA Ich könnte ihn hassen, diesen Ort. Diese scheiß Idealisierung.

FRANZI Die Sprache gehört schon mal abgeschafft, dieses Rumänisch.

HEDY Man läuft der Sprache hinterher wie der Straßenköter allem Fressbaren. Lebenslang. Mutter war dem Deutschsein gegenüber ganz unterwürfig. Als sie der Ruski nach dem Krieg in sein Dolmetscherbüro abkommandiert hatte, da ist sie stundenlang den deutschen Soldaten im Lager nachgegangen, den Gefangenen. Nicht um sie auszuspionieren, wie sie dem Ruski glauben machte, sondern um sie

Deutsch sprechen zu hören. Das war ihr Überlebenstraining.

FRANZI Schöne Schinderei.

IRMA Mir kommen die Tränen.

HEDY Okay, sie war nicht bloß devot. Sie hatte auch Hunger.

IRMA Klingt gleich weniger rührend.

HEDY Wisst ihr, was sie machte, als sie zurückgegangen ist? Später, in der Ukraine, weil sie dort Bessarabien so nahe sein konnte, dem Ort ihrer Kindheit?

IRMA *überlegt* Sie eröffnete ein deutsches Waisenhaus?

FRANZI Irma, du bist so albern.

HEDY Sie steckte sich erst mal ne Zigarette an. Mit nem bolschewistischen Tausender. Der hieß so, weil das Papiergeld damals nichts wert war. Das war keine angeberische Pose, sie hatte nur den Beschluss gefasst, nie wieder zu buckeln, nie wieder gedemütigt und vertrieben zu werden. Die Männer mochten sie, denn nur Frauen sind dumm genug zu glauben, dass Männer nach dem Aussehen gehen. Vater hat das nie durchschaut, am Ende seiner Tage war er ziemlich verzweifelt. Es ging ihm darum, von den Tätern anerkannt, ja geliebt zu werden. Die Minderwertigkeitskomplexe, die er über seine Verführungskünste und die Tätigkeit als Chirurg kompensiert hatte, schlugen erneut durch. In unserer Wohnung war alles schwarz. Die Bilderrahmen. Selbst die Butterdose. Er operierte ja hauptsächlich Krüppel. Ich mochte ihn, das mangelnde Selbstwertgefühl hat sich aber auf meine Zukunft gelegt wie ein nasser Teppich. Vieles von dem, was ich gemacht habe, ist eine Wiedergutmachung dafür. Um mir zu beweisen, dass ich unrecht habe mit meiner Selbsteinschätzung. Das Leben, ein einziger Ausfallschritt.

IRMA *steigt aus dem Bassin.* Ihr arbeitet zu viel und trinkt zu wenig. *Sie kippt sich Whiskey ein.*

FRANZI *mahnend* Der wievielte Drink ist das?

IRMA *Franzi nachäffend* Der wievielte, der wievielte - *verständnislos weiter* Du kannst vielleicht fragen, Kleines. Ihr wisst, dass der Pangraz keine Überstunden zahlt?

FRANZI Ich frag nur im Auftrag deiner Leber.

IRMA Du liebe Güte, lass die mal aus dem Spiel.

FRANZI Ist dein wunder Punkt.

IRMA Bezahlt dir deine Leber Überstunden?

HEDY *zu Irma* Sie meint's nur gut.

IRMA *Franzi und Hedy zuprostend* Sa druschba, meine Ladies.

HEDY Budmo heißts auf Ukrainisch.

IRMA Dann ein Prosit auf die Leber. *Sie zieht sich einen Bademantel an und wirft sich auf eine Gartenliege.* Hedy, ich glaub ja, dass deine Suche nach Heimat nichts mit Sprache zu tun hat.

HEDY Sondern?

IRMA Damit, wo du als Kind den Dingen einen Namen gegeben hast.

HEDY Einen Namen?

IRMA Oder wo du erfahren hast, dass die Dinge überhaupt einen Namen haben.

HEDY Eine Gefühlsbeziehung.

IRMA Gefühle, ja. Zuerst bestehen deine Verbindungen zu den Dingen ausschließlich aus Gefühlen, erst danach heißt der Schrank Schrank und der Stuhl Stuhl.

HEDY Damit ist ihnen die Gefährlichkeit des Fremdseins genommen.

IRMA Sie gehören jetzt dir. Das ist der Beginn des Heimatgefühls.

HEDY Aber sie haben doch einen Namen. Eine Sprache.

IRMA Aber wenn du die vergisst, kannst du diesen Stuhl zweifelsfrei verorten. Du hörst das Knarzen der Zapfen in den Schlitzen, du weißt, wie sich der Polsterstoff anfühlt und wer auf ihm gesessen hat, denn er gehört dir, auch wenn du sechzig Jahre in einem anderen Land gelebt hast und dir die Erinnerung mittlerweile fiese Streiche spielt. Das ist Heimat, und das lässt sich nicht reproduzieren. *Sie kippt sich Whiskey nach.* Als ich nach Hause gekommen bin, war kein Laut zu hören, nur die Fliegen. Keiner da, außer Vater in seinem Sessel vor dem Radio. Ich hab ihm von Stanislaus erzählt und dass es besser wäre, ehrlich zu den Leuten zu sein, wegen dem Gerede. Selbst wenn der Rinderzar mich nicht zum Stadtfest begleiten will, kann's mir egal sein, solange der kapiert, was er an mir hat. Ich will nicht, dass du dich für den so ins Zeug legst, sagt Vater. So wie der die Kreatur in die Schranken weist, so erhebt er sicher einmal die Hand gegen die Frau. Das ist keine Arbeit für dich, sagt er, und beglotzt wieder die vertrockneten Alpenveilchen vorm schlierigen Fenster. Schau genau hin, sag ich, und streck ihm meine entblößten Arme entgegen, sind das nicht Unterarme wie gemalt zum Ausbeinen? Die hast du von deiner Mutter, sagt er, muskulöse Greifer wie von Popeyes Gnaden, die konnte vielleicht was wegschleppen, sag ich dir, deswegen nannten sie alle im Kraftwerk nur ‚die Maschine‘, schon als ihr die Haare ausgefallen sind, Gott hab sie selig. Ich hab ihn ein letztes Mal lächeln sehen, wie er das gesagt hat. Dann hab ich seinen Sessel näher ans Feuer herangezogen und die Holzscheite turmhoch aufgeschichtet. Ich hab alles verwendet, was ich im Hof finden konnte. Vater sagt: Sie haben mir gesagt, du wirst mich verlassen, mein kleines Irmchen. Nein, sag ich, niemand wird dich verlassen. Was ist eigentlich mit dem Pangraz?

fragt er, gewiss, ein Clark Gable ist der nicht, aber mangelnden Geschäftssinn wird ihm sicher niemand nachsagen können. Och der, sag ich, und leg prächtige Scheite auf die funkensprühende Glut. Es war schön, wie das Feuer aufgeflackert ist und das Holz geschluchzt und geknarzt hat, als wollte es mit einem reden, und die Schatten über die ganze Decke getanzt sind. Sie sagen, du hättest ein Auge auf ihn geworfen, sagt Vater, richtig schmachtend sollst du ausgesehen haben, neulich nach dem Frühschoppen zu diesem Fest, hör mal, Irmchen, was ist eigentlich mit deiner Nase passiert? Ich stelle mich taub, tiriliere vizeweltmeisterlich in der Küche herum und spüre eine Kante Brot auf. Vielleicht, sagt Vater, vielleicht entdeckt der Pangraz auf seinem Weg nach oben ja so etwas wie ein soziales Gewissen, wenn schon kein Blut in seinen Adern fließt, sondern Schwefelsäure. Das Brot hab ich an der Gabel geröstet, über dem Feuer, da haben wir Abendbrot gehabt. Wir sind nur dagesessen, mehr wollten wir nicht. Vater hat mich angesehen, und wie ich diesen Blick gesehen hab, so traurig und verletzt, da will ich noch etwas sagen. Aber ich kann nicht. Ich kann mich heute nicht mal richtig daran erinnern. *Sie kippt sich Whiskey ins Glas, mustert feindselig die fast leere Flasche.*

FRANZI Mich lässt der Pangraz kalt. Kalt wie ne Hundeschnauze.

HEDY *zu Franzi* Warum erwähnst du ihn dann?

FRANZI Muss mit Frisch zu tun haben.

IRMA *zu Franzi, leicht lallend* Freud. Den meinst du bestimmt?

FRANZI Es ist nichts Körperliches, ich schwör's! Hoch und heilig! Ich schäme mich in diesem Augenblick für die Schimpfworte, die wir Rattenkinder ihm gegeben haben -

IRMA *mechanisch* - Muschipilz, Gebärmutterabfall, Quallenficker -

HEDY *dazwischen* - Karussellbremser war noch das Netteste -

IRMA *mahnend dazwischen* - vergiss die Tofu-Fresse nicht!

FRANZI Es gibt echt wenig, weswegen man dem Pangraz hätte aus dem Weg gehen müssen. Eigentlich nichts. Ich weiß nicht, wie's euch geht, aber mich graust es, wenn ich dran denke! Auch dass ihn keiner richtig vermisste, nachdem er beschlossen hatte, uns nicht mehr zum Fluss zu folgen, dieser Lurch ohne erkennbare Eigenschaften, wenn wir von der Schwefelsäure in seinem Blut absehen.

Während Franzi und Hedy betreten schweigen, schenkt sich Irma letztmalig nach, stürzt den Whiskey in einem Schluck herunter. Pfeffert die leere Flasche in hohem Bogen über die Bühne.

IRMA *bacchantisch* Hast du Arbeit für mich, Stanislaus? frag ich. Dieser Gestank nach Pisse und Scheiße und dreckigen Gedärmen ist wie Patschuli in meiner Nase. Neben dem Schlachthaus war eine Betongrube, da haben sie den Mist und die Gedärme und den Fleischabfall reingekippt, und der Berg ist immer höher geworden. Magengrube haben wir die Stelle genannt. Stanislaus' Knecht hat einen großen Fetzen weißer Haut mit Innereien über den Hof gezerrt. Ab und zu hat er angehalten, um daran zu zupfen. Aus der Grube ist Dampf aufgestiegen, dort hat's nur so gewimmelt von Schmeißfliegen. Man hätte denken können, der stinkende Haufen bewegt sich, gleich würde er aufstehen und über den Hof davontänzeln. Alle zwei Sekunden hat Stanislaus tief Atem geholt, und wenn er den Rotz hochgezogen hat, hat's geklungen, wie wenn Papier reißt. Okay, sagt er, aber dein Herr Papa soll sich mal nichts einbilden, ich war mit deiner Mutter schon handelseinig, da hatte dein Vater seine Nudel noch nicht mal in ihr drin gehabt. Für Faulenzer hab ich keine Verwendung, und in der Stadt bringen sie sich nicht gerade um, einer wie dir Arbeit zu verschaffen, hast du verstanden? Logo! sag ich, rolle die Ärmel des Pullovers unzüchtig von meinen sehnigen Unterarmen, dass der Stanislaus staunt wie ein Sextourist unter zig Transen in Bangkok. Hm, meint er, was machen wir denn mit dem Kameraden hier, der so bedauernswert durchs

45

Gitter blickt? Irma, siehst du den Jungbullen, der dir gerade zugeblinzelt hat? Oh, wie niedlich, sag ich, aber ich hatte mich ganz vergessen, denn das wollte er natürlich nicht von mir hören. Niedlich, sagt er, das kennt hier niemand, die Leute schütten bei der Arbeit nicht mal Adrenalin aus, vielleicht schaust du dir den Kollegen noch mal gründlich an. Er zieht das Kalb an einem Strick an seine schweißnasse Brust. Dessen Vorderläufe baumeln über Stanislaus' Tätowierung, da war ein Schwert mit einer Schlange drumherum. Es war ein schönes Tier, und mit seinen großen Kuhaugen hat es zu mir gesprochen: Sieh nur, ich bin noch ein Baby, aber wenn du mich schon nicht retten kannst, sieh wenigstens zu, dass ich nicht leide. Aber Stanislaus hat dem Vieh schon das Bolzenschussgerät an den Kopf gehalten und - zack, bumm! - abgedrückt. Mittenrein in den Schädel saust der Bolzen, was war das für ein nichtendes Gebrüll und Gezappel, der Beton färbte sich rot und war schon glitschig, als das blutleere Körperlein dort aufgeschlagen ist. Du hast gesagt, du wirst mich beschützen, erzählen die toten Augen, aber du hast's nicht! Noch scharf auf den Job? fragt Stanislaus mit einem John-Wayne-Spätwestern-Gesicht, seine Unterlippe hat angefangen zu zittern und sein harter Schwanz drückt eine mächtige Beule aus der Hose heraus. So zäh, wie der getan hat, war der nicht. Ich hätte natürlich sagen können: Warum nur, warum musstest du ihm so was Entsetzliches antun? Er hat doch in seinem jungen Leben niemandem was zuleide getan. Ich hätte mich auf das kleine, tote Mündel werfen können, wie's dalag, mit weit geöffnetem Rinderschnäuzchen. Aber, was soll ich sagen, es hat mich nicht die Bohne gekratzt. Stattdessen bin ich rüber zum Verschlag und hab noch so ein Kerlchen bei den Hinterläufen gepackt. Das war jetzt ganz übel dran, denn es hatte ja die ganze Sache mit seinem Kumpel mitgekriegt. Wie steht's mit dem Bürschchen hier, sag ich dem Stanislaus ins zuckende Gesicht, schieb mir mal den Apparillo rüber, dass ich dem Manieren beibringe. Du bist mir vielleicht eine, denkst du, darauf falle ich rein, hat er gesagt. In jeder anderen Situation hätte ich den Prügel abgesetzt und wäre abgedüst, aber ich wollte nicht bloß, dass der Mostschädel mich einstellt, damit ich meinen totkranken Vater durch den Winter bringen kann, ich war drauf aus, ihm ein Duell auf Augenhöhe zu liefern. Ich hab das Geschöpf liebevoll angeschaut, als der Bolzen einschlägt, beim Aufbäumen hat's noch ein Ohr übers Auge geflappt, dann hab ich's auf den Boden geworfen neben den anderen Bengel. Stanislaus hat sich seine Tätowierung gerieben, auf die Lippe gebissen und mich angestarrt. Ich hab dann noch einem guten Dutzend von ihnen Saures gegeben, schönes

Blutvergießen. Morgen um neun bist du hier, sagt er, wusste doch, dass du was taugst. Hinter ihm türmten sich die Rinderhälften wie Baumwollhemden im Schrank. Seine Knechte waren gerade an einem Klumpen Kuh zugange, den sie über den Metalltisch schleiften. In dem Teil konnte man gut die Rippen von innen erkennen, es sah aus wie ein halbfertiges Boot. Ich bin dann noch mal die Straße hoch und hab einen Fliegenfänger gekauft, die waren besser als Spray, weil man sehen konnte, wie viele man erledigt hatte. Als ich den Kohlenschuppen saubermache, was sehe ich da? Den alten Fernseher! Hab ihn auf den Tisch gestellt, an dieselbe Stelle wie früher. Geschwind dem Vater das Abendessen gebracht und im Schlafzimmer aufgeräumt, dem ewigen Eisschrank. Ich hab drauf geachtet, dass wir nie ‚The Wall‘ mit Frank Buschmann verpasst haben. Er schaut immer noch raus zu den vergammelten Blumen. Hab mir schon denken können, dass er nicht imstande war, mir zu antworten, hab ihn an der Schulter gerüttelt, und als ihm das Taschentuch aus der Brusttasche gefallen ist, hab ich gesehen, dass es voll geronnenem Blut war. So hat es mit Mutter auch angefangen. Mit Blut. Tags darauf ist die Waschmaschine voller Taschentücher aus allen Nähten geplatzt. Hab nicht gewusst, was zu tun ist, nur die Stirn gefühlt, die eiskalt ist. Hab den Abfallkarren geschnappt, bin zu den

Häusern und Hotels und hab Kartoffelschalen und vergammelte Essensreste eingesammelt. Ein Danke hier, ein Danke dort. Vater lässt grüßen. Habe die Ehre. Weil Stanislaus nicht da war, hab ich zu den baumelnden Rindern gesagt: Okay, Jungs, das ist das Ende. Dann hab ich peng! gemacht und ihnen mit dem Bolzenschussgerät den fetten Schädel weggeblasen. *Sie atmet noch einmal tief durch. Schläft dann ein.*

HEDY *nach einer Weile, besorgt* Irma?

FRANZI *leise* Psst! Lass sie schlafen.

HEDY Aber sie ist noch nicht fertig.

FRANZI Morgen ist auch noch ein Tag.

HEDY Morgen klingt es anders.

FRANZI Sind die wundervollsten Geschichten. Wenn sie jeden Tag anders klingen.

HEDY Bist ja romantisch. Wie von der Stille verzaubert.

FRANZI Wenn ich einmal nicht auskeile? Meinst du das?

HEDY Bist viel hübscher, wenn du die andere Frau in dir zulässt. Du müsstest dich mal sehen.

FRANZI Will nicht hübsch sein.

HEDY Ich schenk dir nen Spiegel.

FRANZI Wird umgehend zerdeppert. Ich warn dich!

Sie schaltet das Baustellenradio an. Noch immer die Diskussionssendung auf Rumänisch.

HEDY *leise, aber entschlossen auf die eingenickte Irma verweisend, emphatisch* Sie schläft!

Franzi dimmt den Ton des Radios so stark herunter, dass kaum noch etwas zu hören ist. Beide Frauen gehen ab. Franzi legt der schlafenden Irma im Vorbeigehen noch eine wärmende Decke über die Beine.

Vierte Szene: Ferien auf dem Mond

An der Müllrampe. Draußen. Ein zugiger Ort. Irma, noch immer im Bademantel, leicht schwankend und derangiert. Kämpft sich - zwischen Abfallcontainern und hüfthohen Hinterlassenschaften unterschiedlicher Pizza-Lieferdienste watend - eine Schneise zu dem imposanten Stahltor frei, unter dem nun drei Pizzakartons und ein Briefumschlag durchgeschoben werden.

IRMA *beim ruschligen Durchwühlen der Bademanteltaschen, nach draußen rufend* Trinkgeld ist heute nicht. Total verpeilt. Hast du gehört? *Pause* Du verstehst mich doch? *Sie betrachtet das Kleingeld in der Hand.* Franzi hat ganz plötzlich ihre Tage bekommen und unsere Hedy - *unsicheres Räuspern, anschließendes Korrigieren* - ähm, also Irma, unsere Irma spart auf neue Zähne. Alles paletti? *Steckt das Geld wieder ein.*

Konzentrierte Pause, in der Irma wie ein abpassendes Raubtier nach draußen horcht. Skeptisch.

IRMA Was ist? Muss ich wieder Porto nachzahlen? Ihr glaubt wohl, wir hätten nen Geldschisser! Schon mal was von Inflation gehört? Schreiben, immer nur schreiben. Das viele Papier, all die vergeudeten Gefühle und enttäuschten Erwartungen. Das ist doch wie Liebemachen ohne Fleisch.

Man hört, wie sich draußen jemand vom Tor entfernt.

IRMA *lauter rufend* Beim nächsten Mal hab ich's abgezählt. Großes Indianer-Ehrenwort. Wieviel geben eigentlich die Flintenweiber aus F7? Jede Wette, bei denen ist gerade Schmalhans Küchenmeister, hab ich recht? Ihr kennt doch den Schmalhans in Kurdistan?

Sie horcht nach draußen. Geht dann mit den Pizzakartons und dem Umschlag, den sie im Vorbeimarschieren auf einer Halde eingedrückter Pappschachteln entsorgt, ab. Nachdem Irma gegangen ist, tritt Hedy geisterhaft und überraschend aus dem Schatten eines Schutzdachs, von dem aus sie beobachtet hatte, heraus. Es bereitet ihr arge Mühe, sich durch den mannshohen Papierhaufen vorzuarbeiten. Folglich: Großes Ächzen und Selbstbemitleiden beim Durchforsten der Unmenge an zerrissenen Faltschachteln und Dokumenten. Schweißgebadet gelingt es ihr, den von Irma beiseite geschafften Brief mit spitzen Fingern aus dem papieren

Wust herauszufischen. Beim Öffnen des Kuverts verliert Hedy das Gleichgewicht und plumpst in ein Meer aus brauner Kartonage, das sie kurzzeitig zu verschlucken droht. Nachdem sie wieder aufgetaucht ist, klopft und zupft sie sich letzte Papierreste aus Kleidung und Haaren.

HEDY *leicht außer Atem, aus dem Brief lesend* Geliebte Franzi, warum antwortest du nicht auf meine Briefe? Ich habe mit dem kurdischen Bringdienst eine vertrauensvolle Übereinkunft über die Weitergabe privater Informationen geschlossen, und mein klarer Revolutionsverstand sagt mir, dass ich diesen Leuten bedingungslos vertrauen kann. Nimmt Hedy denn noch die Post in Empfang, so wie wir es einst besprochen hatten? Diese tapfere Frau. Wer, wie einst Hedy, der ukrainischen Hölle entfliehen konnte, der muss wahrhaft zu Höherem berufen sein. Sie sollte dir auch alles vorgelesen haben, was mir in den letzten beiden Jahren auf der Seele gelegen hatte. Wäre es nicht so, dann würde es mir das Herz zerreißen bei dem Gedanken, du selbst müsstest nun gegen das geschriebene Wort das Schwert erheben wie einst Spartacus gegen die Römer bei der Schlacht von Lukanien. Was ist eigentlich mit Irma? Sie gibt sich doch hoffentlich nicht als eine andere aus? Nicht als die vermeintliche Vertraute, die unsere kurdischen Brüder und Schwestern tragischerweise nie zu Gesicht bekommen werden? Um Himmels willen, bloß das nicht! Irma ist eine Natter, eine der kümmerlichsten Kackbratzen, die je meinen Weg gekreuzt haben. Nicht erst, seit du ihr die Fresse poliert hast bei diesem Jahrmarkt, was du sicher vergessen hast. Hast du gewusst, dass sie ernsthaft mit mir anbandeln wollte? So eine lüsterne Schote! Dumm wie Brot waren wir gewiss, immerhin hab ich den Vollzug noch in letzter Sekunde heldenhaft niederschlagen können, wo denkst du hin? Dass der Pangraz sich bis heute nicht hat bekennen mögen zu ihr, das wird in der Irma arbeiten wie ein Zeitzünder. Die Betonwerdung geht ja arglistig vonstatten, unsichtbar, von außen nach innen sozusagen, wenn die Narben zertrümmerter Nasenbeine längst verheilt sind - *Sie pausiert, weil sie etwas gehört hat.*

IRMA *ist zurück, sie schleicht aus dem Dunkel, in dem sie verharrt und die letzten Sätze mitgehört hatte, von hinten an Hedy heran* - Blablabla.

HEDY Fragst nicht, warum ich nicht erschreckt bin?

IRMA Wirst mich erschnüffelt haben. Weshalb sollte jemand laut vorlesen, wenn er allein zu sein glaubt?

HEDY *liest weiter* Zwei Dinge sind mir inzwischen klargeworden. Erstens, dass, wenn ich irgendwann die wahrhaft schöpferische Mitte des Lebens von dreißig Jahren erreicht habe, meine ganze Aufmerksamkeit der Wissenschaft gelten wird. Oder der des menschlichen Geistes. Jedenfalls einen der Felder, in denen diese Wissensgebiete aufeinandertreffen. Wieviel Hunger und Leid ließe sich vermeiden, würden die imperialistischen Schweinepriester ihre Ergebnisse aus Forschung und Lehre endlich in den Dienst der Ärmsten der Armen stellen? Und zweitens, dass die Bühne meines Lebens und Wirkens nur hier sein kann, und zwar viel mehr, als ich je geglaubt habe. Neulich sind wir wieder in die Sümpfe aufgebrochen. Die Leute dort teilen noch das wenige mit uns, das sie haben. Am Tage werfen sie verschimmelte Zeltplanen gegen den Regen über die rostenden Gerippe der gesprengten Strommasten, nachts vegetieren sie zusammen mit allerlei Gewürm in den feuchten Kühlwasserkanälen der bröselnden Kraftwerke. Ich kann dir nicht viel schreiben, meine Finger sind schon ganz klamm. Das Petroleum ist ein zu wichtiges Gut in eisigen Nächten, neben jeglicher Form von Nahrung natürlich. Die Energiewende hat die Menschen in gesetzlose Nomaden verwandelt, die sich lose zu marodierenden Banden zusammengeschlossen haben, die das Volk tyrannisieren und eisern über die Bodenschätze wachen. Es ist ein bisschen wie in diesem Kettensägen-Kino, von dem du mir immer vorgeschwärmt hast, geliebte Franzi, haben wir uns damals nicht ‚Mad Max‘ angesehen? Übrigens glaubt hier kein Mensch mehr an den Klimawandel. Keine Sau! Sie denken, die Regierung habe alles nur erfunden, um die Versklavung der Bevölkerung voranzutreiben. Ich selbst habe immer geahnt, dass sie neue Narrative brauchen, weil ihnen die Entmündigung der arbeitenden Klasse nicht schnell genug geht. Schmerbäuche und feige Lumpen, wohin meine Augen blicken! Offenbar hat der Pangraz die Seite gewechselt, nur ein weiterer unsicherer Kantonist auf unserer Streichliste, ich kann es kaum glauben. Nachdem das darbende Volk ihn zum Landeshauptmann ausgerufen hatte, hat er der unterjochten Plebs die kalte Schulter gezeigt und sich die mächtigen Energiekonzerne einverleibt, so schildern es mir furchtlose Widerstandskämpfer, die keine Häuserzeile verloren geben. Es wird kein Leichtes sein, Regeln brüderlicher Diplomatie in der Gesellschaft zu etablieren, sag ich dem syrischen Arzt, der mich begleitet, auf den Kopf zu, bevor ich an dessen Schulter einschlafe. Ich schlafe allerdings sehr wenig, kriege kaum die verquollenen Augen auf. Kürzlich trat das zuckende Augenlid mit den schlotternden Knien in einen heftigen Wettstreit. Die Hoffnungslosigkeit. Die Kälte. Die Angst. Wäre ich ein religiöser Mensch, würde ich vom Glauben abfallen. Von unserem Versteck am Fluss haben sie nichts übriggelassen. Brandrodungen bis runter ans Schilf. Ich kann dir den Geruch, den brennende Torfmoore in der Nase hinterlassen, nicht wirklich beschreiben. Hier wie überall schießen Pangraz' neue Stromtrassen wie stählerne Besatzungstruppen aus beißenden Qualmteppichen heraus. Unsere gerade erst gegründete Partei muss vorsichtig sein bei der Verbreitung ihrer Pamphlete. Sechstausend Exemplare der jüngsten Streitschrift haben wir schon unter die Leute bringen können, du musst uns sicher für verrückt halten, aber ist es nicht so, dass vor allem Verrückte für die Wahrheit verantwortlich zeichnen? Häufig sitze ich in Gedanken unten am Fluss, wo sich einst meine Ansichten über die Bedeutung des politischen Bewusstseins im Hinblick auf die Herausforderungen bei der Entstehung einer gerechten Gesellschaft herausschälten. Nur wenn der Transformationsprozess der Wirtschaft in unseren Händen liegt, können wir den neuen Menschen erschaffen. Hätte ich nur die geringsten Zweifel daran, ich würde mir augenblicklich eine Kugel in den Kopf jagen. Selbst wenn dir die Plackerei beim Kraftwerksrückbau als eine zutiefst befriedigende erscheinen mag, so bleibt sie doch eine Kärrnerarbeit in Knechtschaft geltender neoliberaler Strukturen, denen ich mich nimmermehr unterwerfen werde. Etwas Besseres als den Tod würde ich in deiner Welt kaum finden, tapfere Franzi, selbst wenn das zu Stein gewordenes Kämpferherz kurz erweicht bei der Vorstellung, dir auf alle Ewigkeit Ade sagen zu müssen. Ich wollte dir nur erzählen, dass ich einen wunderschönen Kimono gekauft habe, der für mich einen besonderen Zauber hat, weil er von einer Geisha ist, die mich verführen wollte und dir sehr ähnlich sah. Ich liebe euch so sehr, die dunkelsten Stunden, in denen ich an euch denke, scheinen dann für einen Augenblick aus sich selbst heraus zu leuchten. Leider Gottes habe ich den Knirps nie kennenlernen dürfen, er schlummerte in deinem süßen Bäuchlein, als ich gegangen bin. Wahrscheinlich ist es gut, dass ich kein Foto von ihm bei mir trage, wer weiß schon, welche Schweine von Denunzianten noch offene Rechnungen zu begleichen haben. Franzi, ist es ein Junge? Ich hoffe, es ist ein Bube. Verdammt, ich weiß es! Du hast den Balg hoffentlich nicht wegmachen lassen? Nein, das könntest du mir niemals antun. Sicher nicht. Ich lass bald mal ein Bild von mir machen, damit der kleine Ambros weiß, wie ich jetzt aussehe, ein bisschen älter und hässlicher vermutlich. Du hast den kleinen Mann doch Ambros getauft? Siehst du, jetzt schäme ich mich ein wenig für die Frage, das hast du davon. Erinnere ihn bitte daran, in der Schule nicht so viele Schimpfworte zu benutzen wie einst sein Vater. Sich angemessen auszudrücken heißt nicht, der Obrigkeit das Wort zu reden. Ich hoffe, dass mein jüngster Spross als echter Mann heranwächst, jederzeit bereit, den hegemonialen Bestrebungen die Stirn zu bieten. Als Kind wäre ich sicher fuchsig, so etwas lesen zu müssen. Als ich klein war, wollte ich zusammen mit meinen Brüdern zum Mond, stattdessen musste ich der brave Junge sein, der im Haushalt hilft. Später habe ich meinen Eltern vergeben, als ich sah, wie viele Fotos sie von uns Kindern im ganzen Haus an die Wände genagelt haben. Aber wenn der Imperialismus besiegt ist, versprich ihm bitte Ferien auf dem Mond.

IRMA Blablabla. Der neue Mensch. Dass ich nicht lache! Blablabla. Die tapfere Franzi. Blablabla. Die Lügen, die der über den Pangraz ausbreitet. Widerlich.

HEDY Sie kann nicht mal lesen. Du hast doch gewusst, dass die Franzi nicht lesen kann?

IRMA Wenn schon. Niemand muss die zu Gesicht bekommen, diese Mutmaßungen, geschweige lesen, die Franzi schon gar nicht, die würde darüber wahnsinnig werden. Selbst die Wahrheit ist dem Menschen nur gelegentlich zumutbar, die wird erst verdaulich, wenn sie sich als barmherzig erweist. Bachmann reloaded. Du hast doch Abitur?

HEDY Und dass er sie liebt?

IRMA Was solln das heißen? Hast du den Brief

nicht gelesen, gerade eben? Ich kenn jeden einzelnen, son Stuss! Der Idiot will uns killen, hast du kapiert? Schreibt dauernd was von Mondreisen und Veränderungen, aber wer fragt denn, ob wir uns verändern wollen? Hedy, du willst dich doch nicht verändern? Typen wie der lieben die Revolution, den warmen Lauf einer Pumpgun, solche Dinge. Was ist, du schlotterst ja schon wie die Franzi?

HEDY Ich frier leicht.

IRMA Wird kalt hier nachts. Da merkst du, dass über dir nur noch der Weltraum kommt.

HEDY Der Mond ist auch nur eine Destination.

IRMA Sie schaut zu dir auf wie zu Miss Liberty, die Kleine.

HEDY Weil du ihr von der Ukraine erzählt hast.

IRMA Weil sie dich liebt.

HEDY Weil sie Geschichten liebt. Und an sie glaubt.

IRMA Ich schätze, du fühlst dich verantwortlich. Du denkst, du stehst bei ihr in der Pflicht. Und irgendwann ganz in ihrer Schuld.

HEDY Bei Franzi? Komm jetzt.

IRMA Die ist ja relativ neu bei uns, die Franzi, das ist jetzt ne Scheißsituation, weiß ich doch selbst. Nun also diese Briefe. Wir beide. Zusammen hier draußen. Mutmaßungen, aber eben auch die ganze Wahrheit. Die halbe Bachmann. *Sie rückt an Hedy heran, zeigt auf ihre Nase.* Sieht man noch die Narbe?

HEDY Das ist so lächerlich.

IRMA Hab's der Kleinen nicht krumm genommen, alles restlos verziehen. Schwer zu verstehen, was? *Lautmalerisch* Woosh! Und vergessen! Wann war noch mal dieses Fest? Siehst du, so halt ich's mit der Versöhnung! Man muss vergeben können in diesen Tagen.

HEDY Als ich das erste Mal hoch aufs Dach musste, da hab ich mir in die Hosen gemacht. Die Typen in den Tarnanzügen sind gleich in ihre Schützenpanzer, als sie das Ozon in der Luft gerochen haben. Früher haben die Ukrainer nicht so schnell das Weite gesucht. Aber ich, ich hab mich nass gemacht.

IRMA Ich hätte Verständnis dafür, wenn du mich für eine Natter hältst. Wenn du der Franzi reinen Wein einschenkst. Wir tragen die Vergebung ja nicht von Geburt an spazieren.

HEDY Weißt du, an was ich denke seither?

IRMA *nach kurzer Pause* Dass du das Wasser nicht halten kannst?

HEDY An den Typen, den ich mir eingebildet habe.

IRMA Du glaubst an Geister und so was?

HEDY Der war einer von uns, Kassian war immer dabei. Zuerst in meinem Kopf, später hat er mir beim Tragen der Schlackeneimer unter die Arme gegriffen, kurz vorm Ohnmachtsanfall. Nach der Schicht nahm er mich in den Arm und sagte: Alles in Ordnung, mein kleines Mädchen.

IRMA Kassian, aha.

HEDY Das heißt, ich weiß nicht, ob er was sagte. Er war ja nur in meinem Kopf. Aber er nahm mich in den Arm wie mich noch nie jemand in den Arm genommen hat. Einfach so.

IRMA Heißt das, es bleibt unter uns? Heißt das, du verzeihst mir?

HEDY Damit will ich sagen, ich bin da. Für dich. Falls du reden willst. *Irma tritt von hinten an sie heran. Leicht unterwürfig. Küsst die Hand von Hedy, der das peinlich ist.* Schon gut.

IRMA *sieht sich um, wehmütig.* Das war mal das größte Kraftwerk weit und breit. State of the Art. Als die Sümpfe noch bewohnt waren. Guck dir an, was die Wichser daraus gemacht haben, die dachten, sie kriegen hier Blutkrebs verpasst! Wer würde sich die Mühe machen, hier nen Blutkrebs zu verbreiten?

HEDY Der Ambros glaubt, er hat nen Sohn.

IRMA Hast Franzi selbst reden hören, wie der aus ihrem Uterus gefallen ist, wien verwester Fisch. Reinster Gebärmutterabfall! Du, so ne Totgeburt ist kein schöner Anblick für nen Narzissten wie den Ambros, der will seine Gene nämlich weitergeben an die Erstbeste, die er bespringen kann. Mir hätte er nichts beweisen müssen, aber er wollt ja immer gleich drauf auf alles. Immer drauf, aber nie nach oben.

HEDY Klingt, als wärst du eifersüchtig.

IRMA Na, fesch war der schon, so ein schmissiges Bürschchen.

HEDY Ich glaub, mich frierts ganz dolle.

IRMA Wir laufen hier ja nicht rum, weil der Planet so nett zu uns ist. Wir sind Überlebende. Kämpferinnen in einem Krieg gegen Mikroorganismen, die Fremde eingeschleppt haben. Und jetzt haben wir diese Waffe. Der Pangraz hat immer darauf hingearbeitet. Hast du gewusst, dass er aus dem Reaktorgebäude ein Impfzentrum machen will?

HEDY Seh uns immer bloß demontieren. Aufsprengen, niederreißen und zerlegen.

IRMA Der Verfall ist der Schrittmacher für morgen.

HEDY Das Alte vergeht unter unseren Händen. Es ist wie ein Erlöschen.

IRMA Aber nur, weil der Pangraz uns die Zukunft weist. Hedy, mach die Augen auf, wir arbeiten und amüsieren uns, wo andere Urlaub machen.

HEDY Warum tut er das?

IRMA Aus Liebe.

HEDY Wenn du es sagst.

IRMA Eines Tages wird er auf einem Schimmel angeritten kommen und um meine Hand anhalten. Natürlich werde ich zögern und ihn spüren zu lassen, dass eine Frau nicht mir nichts, dir nichts zu haben ist. Himmelsakrament! Aber dann werde ich zu ihm aufsteigen, wie zu Bernard von Bredow, den Ausgräber des Mammuts. Und wenn wir der Abendsonne entgegenreiten, dann werde ich Franzi und Hedy gedenken, den treuesten Seelen des Transformationsprozesses und der Dekarbonisierung, worauf du einen lassen kannst.

HEDY Aber die haben ihn gemeuchelt. Ihn und seine Tochter.

IRMA Wen?

HEDY Bernard von Bredow.

IRMA Alles Quatsch.

HEDY Doch. Sie haben ihn gefoltert. Und dann zusammen mit der Tochter exekutiert.

IRMA Echt?

HEDY In Asunción. Paraguay. Richtige Tiere waren das.

IRMA *entsetzt* Aber - aber sie haben ihn nicht gegessen? Alles, bloß das nicht!

HEDY Weiß nicht.

IRMA Manche essen nur bestimmte Teile von einem, weil sie glauben, der Typ sei ne Gottheit. Solche Naturvölker kennen ja keine Grenzen, wenn sie sich metaphysische Kräfte draufpacken wollen. Hör mal, Paraguay! Kannst du mir sagen, was fürn Problem man hat, wenn man in Paraguay lebt? Bernard von Bredow aufessen?

HEDY Geschmacklos.

IRMA Wichser sind das.

HEDY Mhm.

IRMA Du, ich müsste mal pissen. Außerdem will ich Franzi ne Gutenachtgeschichte vorlesen. Kommst du klar?

HEDY Geh ruhig.

IRMA *zeigt auf den Brief in Hedys Hand.* Und damit?

HEDY Mach dir keine Sorgen.

IRMA Kommst also klar?

HEDY Ruf einfach, wenn was ist, ja?

IRMA Du, wollen wir ‚Eins zwei drei Finkenstein‘ spielen, wie damals als Kinder?

Hedy dreht sich mit dem Gesicht zu der Wand aus leeren Pizzakartons und zählt von zehn herunter, während Irma kindisch herumalbert und dann abgeht.

HEDY *abschließend, noch laut den Kinderreim aufsagend* Gügelstein / hat die Kuh beim Bein / hat die Geiß beim Horn / Tschipp Tschipp / wenn ich komme mit der roten Kappe / will ich jedes wohl ertappen.

Während sie eine Weile amüsiert dasteht, hört man erneut von draußen, wie sich jemand vom Tor entfernt. Für Augenblicke folgt Hedy gespannt den verhallenden Schritten. Als nichts mehr zu hören ist, zerknüllt sie den Brief. Wirft ihn auf den riesigen Papier-

haufen zu den zerrupften Faltboxen. Befreit lauscht sie der Stille.

Fünfte Szene: Das Foto

Kommandoraum. Auftritt Irma. Blickt sich um, mit einem silberfarben gerahmten Foto von ihrem Pangraz unterm Arm. Nach reiflichem Überlegen hängt sie das auffällig kolorierte Porträt an einem der Schalter des Leitstands auf, pendelt es wiederholt aus, bis es schnurgerade hängt. Geht ein paar Schritte zurück, betrachtet selbstkritisch ihre ästhetischen Bemühungen, wirkt unglücklich und ratlos. In der Folge: Mehrmaliges Umhängen des Bildes an der zentralen Kontrollwand mit anschließender Beschau und neuerlichem Geraderücken. Nach einer finalen Musterung wirkt Irma gelöst und zufrieden, geht entspannt ab.

Sechste Szene: Schieflage

Gleicher Ort. Auftritt Hedy. Pangraz' Konterfei sticht ihr sofort ins Auge. Das teigige Gesicht sowie die Kostümierung des Landeshauptmanns, ein Mix aus Karnevalsuniform und Trachtenjanker-Albtraum, amüsieren sie. Noch während Hedy grinst und ungläubig den Kopf

schüttelt, bringt sie das Bild durch absichtliches Antip-
pen in eine leichte Schieflage. Beim Abgehen: verhalte-
ne Schadenfreude.

Siebte Szene: Kehrseite

*Gleicher Ort. Franzi schlurfend und deutlich übermü-
det. Sie will nach dem Durchqueren des Raums eigentlich
schon das Licht ausmachen, als sie von der retuschierten
Scheußlichkeit Notiz nimmt. Schlappend, wie im Halb-
schlaf, zurück. Hängt das Porträt seitenverkehrt herum
auf, stoisch, die Rückseite dem Betrachter zugewandt.*

Achte Szene: Die Betrachtung

*Gleicher Ort. Hedy beim Betrachten des pressspanarti-
gen Bildrückens, glucksend, dann kichernd. Schließlich
raubt ein schallendes Gelächter, das zu in einem Hus-
tenanfall anwächst, ihr aber jede weitere Aussicht auf
ein genüssliches Innehalten.*

Neunte Szene: Irmas Fassungslosigkeit

Gleicher Ort. Irma in Rage, schnaubend und japsend.

Beim neuerlichen Hängen des Bildnisses ringt sie zwar
um Fassung, doch sie hat ihren bebenden Körper, der
gezwungenermaßen komische Bewegungen vollführt,
kaum im Griff. Am Ende wirkt sie beim Anblick ihres
Angebeteten aber ergriffen und auch etwas besoffen von
ihrer Akkurates.

Zehnte Szene: Wasser marsch!

Gleicher Ort. Franzi immer noch ermattet, latschend.
Sie wirkt sediert. Nur hat sie Pangraz' kitschiges Abbild
diesmal bereits im Vorbeigehen zur Kenntnis genommen
und pflückt es augenblicklich emotionslos von der
Schalttafel herunter. Sie legt das Bild auf den Boden
und uriniert mit heruntergelassenem Overall darauf.

Elfte Szene: Der Stromausfall

Gleicher Ort. Franzi, Hedy und Irma, stehend im
Kreis. Zu ihren Füßen Pangraz' entehrtes Konterfei, das
alle regungslos betrachten. Irma wie versteinert, mit zu
Fäusten geballten Händen.

IRMA Wer war das?
HEDY Ist das Pisse?

FRANZI Sieht ganz danach aus.

IRMA Wer das war, will ich wissen.

FRANZI Urinieren kann ruinieren.

HEDY Ich tipp auf die aus Q9.

FRANZI *geht vor dem Foto auf die Knie, forschend.* An den Rändern ist der Pangraz fast verblichen. Wie sein eigener Geist. Solide Arbeit.

IRMA Meinst wohl ausgeblichen, Kleines?

FRANZI Jedenfalls löst er sich auf, hier ausnahmsweise nicht in Luft -

IRMA *dazwischen* - Erspare mir die Details, bitte!

FRANZI Übermorgen sind nur noch Konturen zu erkennen, der schöne Schein. So ein flotter Kerl.

HEDY Welch enorme Wirkungen doch kleinste Ursachen nach sich ziehen.

FRANZI Aber die Oderflut war eine einzige Katastrophe. Oder Lothar.

HEDY Du und deine Superlative.

IRMA *wie auf glühenden Kohlen* Aber verstanden habt ihr mich?

HEDY F7. Jetzt leg ich mich fest. Das ist haargenau deren Täterprofil. Diese Pissnelken.

FRANZI Die waren's nicht.

IRMA Woher willst'n das wissen?

FRANZI War dort.

HEDY Wo?

FRANZI In der verbotenen Zone.

IRMA *zu Franzi* Weiß das der Pangraz?

FRANZI Scheiß drauf! War eben illegal dort.

HEDY Und?

FRANZI Was und? Nichts! Bin in N12 rumge-
schlichen, in Q9. Überall. Was soll ich sagen? Keine
Menschenseele. Wir sind die einzigen Frauen in dem
verschissenen Areal, es gab niemals andere, wir sind
die einzigen Menschen zwischen all dem strahlenden
Schrott.

IRMA *zu Franzi* Wir bilden die Speerspitze aller Arbeitsbrigaden, merk dir das mal!

FRANZI *zu Irma, ebenfalls respektlos* Du bist jetzt
so ne Art Bienenkönigin, was? *Jetzt zu Hedy, leicht
verschwörerisch* Da spürst du Pangraz' Gift. Wenn
die Liebe blind macht, entfaltet es seine größte Wir-
kung.

IRMA *selbstentflammt, mit empor gereckter Faust,
postulierend* Lieber geile Punkerfeten als US-Atom-
raketen!

FRANZI *noch halb an Hedy gewandt* Die Vorhut
der Strahlenkrankheit. Jetzt steht immerhin fest, wer
hier als Letzte das Licht ausmacht.

IRMA *zu Franzi, giftig* Die Wellnessabende im Abklingbecken, die kannst du dir fürs Erste abschmin-
ken, die Gehaltserhöhung natürlich auch. Hat Hedy
dir gesagt, dass ich dem Pangraz ne Lohnerhöhung
für uns alle abgeluchst hab?

HEDY *überrascht* Hast du?

FRANZI Ne Lohnerhöhung? Wo soll ich die ganzen Penunzen denn aufn Kopp hauen? Hab im Kino mal was über die Westfield Mall im World Trade Center gesehen. Irgendein Durchgeknallter hatte dort ein Blutbad abgerichtet. Aber hier? Schaut euch um, es gibt weit und breit keine Geschäfte, nicht mal richtige Durchgeknallte! Dreißig Kilometer flussaufwärts soll es ne Tankstelle geben, die irgendwelche Herbizide und Fangeisen für Bisamratten und Füchse raushauen. So ein Scheiß.

HEDY *zu Irma* Sie hat recht. Selbst die Pizzaleute halten seit Jahren die Preise stabil, diese stinkenden Kameltreiber. Uns bleibt immer mehr Netto vom Brutto, wir brauchen nicht mal was zum Anziehen, weil wir in diesen nie versiegenden Schutzanzügen arbeiten und schlafen. Weil wir in ihnen fressen und scheißen und irgendwann krepieren werden. Wir werden von Tag zu Tag reicher. Aber im Grunde kennen wir keine Seele, der wir's beweisen könnten.

IRMA Papperlapapp! Spare in der Zeit, so hast du in der Not. Sagte mein alter Herr. Das Geschichtsvergessen muss euch Wohlstandskindern wohl irgendwann in die Wiege gelegt worden sein, Hedy, ich sag dir das mal auf den Kopf zu, obwohl du das als Älteste eigentlich besser wissen müsstest, aber das scheint sich bei dir langsam zu ner echten Zivilisationskrankheit auszuwachsen, dieser Mangel an Respekt und Demut. Dieser Argwohn gegenüber dem Kapital.

FRANZI *zu Hedy* Pass auf, gleich kommt sie mit ihrer Defloration um die Ecke.

HEDY *korrigiert* Inflation.

IRMA Macht euch nur lustig. Wer die durchgestanden hat, dem ist das Lachen vergangen.

Es klingelt. Ein Wandtelefon.

HEDY *zu Franzi* Geh nicht.

Mehrmaliges Klingeln. Nachfolgend leises Donnern und Grollen. Kaum merkliche Erschütterungen, die aber etwas Putz von den Wänden bröckeln lassen. Hin- und herpendelnde Deckenlampen. Flackerndes Licht.

FRANZI Ist das schon die Inflation?

HEDY Ein Erdbeben. Wir leben auf ner Spalte.

FRANZI Auweia, wir haben Godzilla aufgeweckt! Er holt uns hier raus, ich spür es - *Sie schreit* Hilfe!

IRMA Halts Maul!

FRANZI *schreit* Hilfe!

IRMA *zu Hedy* Du, kann die nicht mal das Maul halten?

HEDY *zu Franzi* Der wird uns auffressen, dein Godzilla, das ist ein ganz Ausgeschlafener -

IRMA - ein Schwanzträger. Jedenfalls was Echsenartiges.

FRANZI *schreit* Hilfe!

HEDY Da wächst ordentlich was aus ihm heraus, das uns töten könnte.

IRMA Ein Schwanz. Sag ich doch.

FRANZI *hat sich beruhigt.* Ihr habt nen Knall. Wer von uns war denn Stammgast im Kino?

IRMA *zu Franzi* Komm jetzt, du hast dir doch die Augen zugehalten!

FRANZI Hab ich nicht!

HEDY Wenn überhaupt, dann ist es King Kong. Der König der Affen.

FRANZI *schreit* Hilfe!

Das Licht geht aus. Dunkel. Nachfolgend nur Stimmen.

IRMA Was isn?

HEDY Nix. Kein Strom. *Kurze Pause.* Wartet mal.

Erneut kurze Pause, nach der eine Taschenlampe eingeschaltet wird. Danach eine zweite. Nervös zuckende Lichtschwerter.

IRMA Was machen wir?

HEDY Wir sehen nach.

IRMA Wir machen uns zu Affen.

FRANZI Wow, steigen wir jetzt dem Monster aufs Dach?

IRMA Hedy, warum kann die nicht ihr Maul halten?

HEDY Lasst uns den Notausgang nehmen.

IRMA Warst du schon mal dort oben?

HEDY Ist ne Weile her.

IRMA Paar Jahre, willst du sagen.

FRANZI Ein paar Jahrzehnte, will sie sagen. Hedy, das stimmt doch? Damals in der Ukraine?

Hedy ist vorrangegangen. Die tanzenden Lichtschwerter wandern mit ihr über die Bühne.

HEDY Was ist, wollt ihr quatschen? Passt lieber auf, wo ihr hintretet.

Franzi und Irma hinterher. Man hört ihre Schritte. Getuschel. Die Lichtschwerter entfernen sich mit den Frauen. Dumpf scheppernd wird noch ein Metalleimer umgetreten.

FRANZI *entfernt* Aua!

IRMA *entfernt, schadenfreudig* Vorsicht, Fettnäpfchen!

HEDY *sehr entfernt* Haltet euch mal besser an den Händen.

Zwölfte Szene: Jagdfieber im Totenwald

Auf der Kuppel des Reaktorgebäudes. Nacht. Fahles Licht, ein sternenklarer Himmel. Eine Positionsleuchte im Notstrombetrieb. Die Ausstiegsluke wird geöffnet, Hedy und Franzi steigen nach draußen, ziehen Irma nach, unter allerlei Fluchen und Wehklagen. Geächze und Gekeuche wie bei einer Geburt. Anschließend: Ge-

meinsames Kräftefassen im Sitzen.

FRANZI Schweinehell.

HEDY Der Horizont brennt. Die Feuer. Ein Zeichen.

IRMA *sucht den Himmel ab.* Ist das der Kleine Hund?

FRANZI Ich will nichts hören.

HEDY Irma, kannst du mich massieren?

IRMA Das holen wir alles raus.

HEDY Was holen wir raus?

IRMA Hat der Arzt gesagt. Dass wir alles rausholen müssen. Bevor uns die Geschwulst aus der Pussy wächst. So hat er sich ausgedrückt. Uterus, Zervix, Eierstöcke, Gebärmutter, der ganze obere Teil der Vagina, dieser Faulschlamm, alles ausschaben und absaugen. Wollen wir einen Termin vereinbaren, gleich nächste Woche? Abnehmender Halbmond. Perfektes Timing. Die meisten Strahlenkranken denken ja nicht an den Mondkalender und die Schmerzen!

HEDY *zu Irma* Den Nacken sollst du mir massieren. Mit sanftem Druck, nicht die Vergangenheit heraufbeschwören.

FRANZI *zu Irma* Die weiß, wie der Hase läuft.

HEDY Hab mir alles in der alten Heimat rausschneiden lassen, die stinkende Sülze. Die sind dort nicht so etepetete. Nach dem Fallout ging's zu wie am Fließband.

IRMA *massiert Hedys Nacken.* Ich finde, ein Stromausfall hat viele Vorteile. Er nivelliert die Herzen und führt die Menschen einander zu.

FRANZI Selbst ein Massaker hat gute Seiten. Zum Beispiel, dass ich dann nicht mehr nett zu euch sein muss, ohne ein schlechtes Gewissen zu haben. Eine Riesenbefreiung.

HEDY *zu Irma* Was meinst du, sollen wir Franzi ein bisschen Angst einjagen? Einschließlich Massaker.

FRANZI Gestern in den Nachrichten dieser hübsche Klimaschützer in einer Pfütze von Blut, tja.

HEDY Viele, die Gutes tun wollen, machen letztlich das Falsche.

IRMA *zu Franzi* Woher weißt du, dass er hübsch war? Kam doch im Radio.

FRANZI Taten stehen für Schönheit. Für schöne Menschen überhaupt.

HEDY *zu Franzi* Warum bist du eigentlich mitgekommen? Wenn wir dich anöden?

FRANZI Denkst du, ich lass euch allein? Mit dem Kleinen Hund? Mit dem esoterischen Geschwurbel? Schon mal was von Pflicht und Schuldigkeit gehört?

IRMA *knetet intensiver, zu Hedy* Sag, wenn ich zu brutal bin.

HEDY Du bist brutal.

IRMA So ne Verspannung braucht ne harte Hand.

HEDY Bin ich verspannt?

IRMA Wenn du's nicht merkst.

FRANZI *mahnend* Hedy, die bringt dich um, wenn die so draufdrückt.

HEDY *zu Irma* Etwas bedrückt dich, wenn du so drückst.

Irma schüttelt den Kopf.

Sag's mir doch.

Irma schüttelt den Kopf.

Hast mir immer alles gesagt.

FRANZI *dazwischen, amüsiert* Da entwickelt sich gerade ne echte Freundschaft, was?

HEDY *zu Irma* Geht der Pangraz fremd? Wäre nicht das erste Mal.

IRMA *weint* Der geht nicht fremd, der liegt im Spittal.

HEDY Hat er das gesagt?

IRMA Hab's gelesen. In der Zeitung, in der sie den asiatischen Fraß eingewickelt haben.

FRANZI *eisig* Hättest bei der Pizza bleiben sollen.

HEDY *besorgt* Das Herz?

IRMA Sein Johannes.

HEDY Abgebissen, beim Fremdgehen?

FRANZI Das Gewissen wird ihn gebissen haben.

IRMA Der Pangraz ist mir hörig. Deshalb schwitzt er auch so. Der ist so monogam wie ein Schwan, seit wir uns damals im Chor der ‚West Side Story‘ nähergekommen sind. Habt ihr ihn im Fernsehen schwitzen gesehen?

FRANZI Ja, er schwitzt sogar durch die Fingernägel.

IRMA Er schwitzt, weil er leidet. Der Pangraz ist ein Leidender. Ein Sensibelchen. Alles weckt in ihm Emotionen. Wenn sie in den Abendnachrichten einen Heuler erschlagen, macht er anderntags um den Tierpark einen großen Bogen. Ihr hättet mal sehen sollen, wie schnell der mich aus Stanislaus‘ Bolzenschuss-Paradies befreit hatte! Jetzt diese Wunde an seinem Johannes, die nimmermehr verheilt. Ein Drama.

FRANZI Ein Wundmal. Wie beim Jesus.

HEDY Er hat sich die Schuld der Menschen auf sein Kreuz gepackt. Oder ist’s der Tripper?

FRANZI *vorlaut* Auf seinen Johannes hat er sich den gepackt.

IRMA *felsenfest* Unfähig zur Untreue. So eine gute Seele.

HEDY Im Chor ist er nicht mehr?

IRMA Dort gab’s Probleme mit dem Regisseur. Der sprach plötzlich bloß noch von Bandenkriegen zwischen verfeindeten Stromkonzernen, die man jetzt als Rechtfertigung für richtige Gewalt nutzen müsste. Performativen Hyperrealismus nannte er das. Der Pangraz war davon abgestoßen, auch weil er die

Sprache nicht sprechen wollte, dieses kurdische Kauderwelsch.

FRANZI Ein großartiger Darsteller ist aus ihm geworden. Trotz der Widerstände.

IRMA *fühlt sich geschmeichelt* Ist dir wohl aufgefallen, was?

FRANZI Klaro.

IRMA Die politische Bühne, die ist sein Brevier.

FRANZI Unbedingt! Hier bin ich Mensch, hier darf ich sein.

IRMA Musste eben manches hintenanstehen. Husch, husch ins Körbchen, so hat's geheißen.

FRANZI Hauptsache, er hat seinen Spaß.

IRMA Blödeleien, Schlangengruben, Protzereien, Ausländer raus!, Rotfront verrecke!, dazwischen Erich von Däniken und die zwingend gebotene Onanie vorm Wirtshaus-Pissoir mit weißwurstigen Händen, danach Plakatekleben, Grabschändungen, Reden vom starken Mann und um drei Uhr früh das Essen in der Mikrowelle zur Explosion gebracht. Ja, da lacht die Irma, scharwenzelt das Irmchen, wenn der Pangraz sich mit seinem Freibier-für-alle-Atem an sie heranrobbt und frisch gemolken werden will. *Sie vergräbt das Gesicht in ihren Händen.*

HEDY Vor der Probe war alles normal. Wir gingen spazieren und genossen den Frühling. Ich hatte mich für Medizin eingeschrieben und ‚Der Widerspenstigen Zähmung' im Kopf, die Katharina -

FRANZI *entflammt* - Ich könnte sterben für diese Rolle.

IRMA Tut sie dann leider nicht. Deine Katharina.

FRANZI Den Petrucio hat sie aber gehörig die Leviten gelesen, caramba!

HEDY Hab als Katharina nur in mich hineingehört, völlig blind, schon als sie die Straßen mit Wasser abspritzten und Jodtabletten verteilten, erst nach der Probe, als nachts die Helikopter über der Stadt kreisten, kam der schreckliche Verdacht.

FRANZI Wann spielen wir eigentlich Shakespeare? Oder sparen wir uns den fürs Alter auf?

HEDY Feiglinge bleiben daheim. Zu denen gehörte ich nicht. Ich möchte nicht, dass die Leute auf mich zeigen und sagen: Hey, ist das nicht die, die sich weggeduckt hat? Hätten der mal besser nicht den roten Teppich ausgerollt in der neuen Heimat, der und ihrem rumänischen Gesindel! Ich kann nichts dagegen machen, ich steh gern kerzengerade, wenn die Leute mit Recht sagen, alle sollen an einem Strang ziehen.

FRANZI *etwas desillusioniert* In Ordnung, demnächst also wieder Houellebecq.

HEDY Die Stadt war jetzt die Front. Überall waren Soldaten, aber es gab auch Zivilisten. Nicht jeder Freiwillige hatte altruistische Motive. Manche Leute wollten nur Geld verdienen und wussten, dass sie gut bezahlten werden. Wir wurden in ein Fahrzeug verfrachtet, neben mir Kassian, in der Mitte der hölzernen Bank.

IRMA Wo die Liebe hinfällt.

HEDY Sei froh, dass du Deutsch sprichst, sagt er, sonst würden sie dich an den Haaren hier rauszerren.

FRANZI Der Kassian, na klar!

HEDY Wir blickten durch ein Loch in der Plane auf die Umgebung. Als wir das Kraftwerksgelände durchquerten, stand eine rote Morgensonne am Himmel.

FRANZI Muss dich schwer beeindruckt haben, der Desperado.

HEDY Sie steckten uns in papierdünne Schutzanzüge wie in einer Schokoladenfabrik. Gegen die Gammastrahlung. Eigentlich hätten die Liquidatoren, die sie reinschickten, nur einmal eingesetzt werden dürfen. Innerhalb von einer Minute bekommen die so viel Strahlung ab wie ein Mensch in seinem ganzen Leben. Kurz hineinrennen, einmal mit der Schaufel in den radioaktiven Schlamm stechen und wieder zurück. Komm, lass mich noch mal gehen! sagten die Zurückgekehrten zu denen, die zur Beobachtung eingeteilt waren. Die nickten jedes Mal, wenn sie ersucht wurden, aber in ihren Gesichtern konnte man lesen: In den Tod schicken war schlimmer als in den Tod gehen. Als sie niemanden mehr reinschicken konnten, weil kaum noch welche herauskamen, gab es keine Emotionen mehr, nur noch kaltblütige Vorbereitungen. Wir wurden in Zweiergruppen aufgeteilt, die hinauf in den obersten Stock des dritten Blocks klettern sollten. Dort fiel die ganze Scheiße nach der Explosion herunter. Metallplatten, Stücke vom Reaktor, Teile von Brennelementen. Die kleinen Graphitstücke waren die schlimmsten, weil sie unter dem übrigen Müll nur schwer auszumachen waren. Kaum war man draufgetreten, brannte sich die Strahlung durch die Stiefelsohle bis in den Fuß hinein. Hüte dich vor dem Ozon! sagt der Kassian noch, das riecht so ähnlich wie eine Ultraviolettlampe. Wenn du den Geruch in der Nase hast, dann renn um dein Leben! Auf der Zunge und den Lippen war plötzlich ein metallischer Geschmack, und die Strahlenmessgeräte drehten durch. Der Ruski hat nur gelacht, als ich ihm davon erzählt hab. Der beste Weg sich vor der Strahlung an diesem Ort zu schützen, sagt das sarkastische Schwein, ist diesen Ort zu meiden. Dann haben wir uns wieder unter der löchrigen Plane des Lasters verkrochen und sind abgedüst. Nach der Arbeit haben sich meist viel weniger Leute auf der Bank breitgemacht als zu Schichtbeginn. Ich hab den Pinienwald, der an uns vorbeigezogen ist, noch vor Augen. So viel abgestorbenes Holz. Nach dem Störfall wechselten die Bäume ihre

Farbe von Grün in ein Totengelb. Rundherum ist Frühling, nur in der Mitte ist der Herbst eingezogen. Der Wald hat einen radioaktiven Leberhaken einstecken müssen und ist daran krepiert. Kreidebleich wie eine Leiche. Ich hab gleich weggeschaut, aber es ist mir im Gedächtnis geblieben. Die gestutzten Wälder. Die Schnitte in den Pinien. Der heraustropfende Saft. Wie vergossenes Blut. Wo wir waren, war Herbst. Später haben sie alle Bäume gefällt und am selben Ort begraben.

FRANZI *fixiert schon eine Weile einen bestimmten Punkt am Horizont* Was isn das fürn Licht?

IRMA Das Torf. Es brennt.

HEDY Klar. Bäume gibt's hier nicht.

FRANZI Es bewegt sich.

Sie blickt durch den Feldstecher, Hedy und Irma nehmen ihre Ferngläser ebenfalls von der Brust und schauen gebannt hindurch.

HEDY Autos. Zwei.

IRMA Da kommt was auf uns zu.

FRANZI Wie Krokodile. Mit leuchtenden Augen.

HEDY Bleiben die stehen? *Kurze Pause.* Hallo, die bleiben stehen!

IRMA Mitten im Torfmoor.

FRANZI Trostlos.

HEDY Im zweiten Fahrzeug hat sich gerade die Türe geöffnet.

IRMA *verwundert* Und warum rennen jetzt alle weg?

FRANZI Sie stolpern.

HEDY Sieht aus, als wären sie aneinandergefesselt.

FRANZI Total entkräftet. Der Erste knallt der Länge nach hin, o weh, der Nächste auf ihn drauf!

IRMA Ach du grüne Neune!

HEDY Hört ihr den Kojoten heulen?

FRANZI Im ‚Omen' war's ein Schakal.

IRMA Der hat den Antichristen geboren, geheult hat der nicht.

HEDY Jetzt winseln sie bloß noch.

IRMA Hört sich an, als betteln die.

FRANZI Richtig schaurig klingt's.

IRMA Das erste Fahrzeug. Schaut hin, da steigen Leute aus!

HEDY Elegant.

FRANZI Ist das nicht der Pangraz, der mit dem Trachtenhut?

IRMA *empört* Blöde Kuh!

HEDY Was hat sich der Trachtenhut denn da aushändigen lassen?

FRANZI Sieht aus wie ne Pistole.

IRMA *zu Hedy* Kann die blöde Kuh nicht mal ihre Klappe halten?

HEDY Der Kojote ist verstummt.

IRMA *zu Hedy* Sag ihm, er soll wieder anfangen mit

Heulen.

FRANZI Sie betteln um ihr Leben, großer Gott!

HEDY Angst hat viele Gesichter.

IRMA Die spielen nur.

HEDY Sollte der Pangraz nicht im Spittal sein? Wegen seines Schniedels?

FRANZI *keck* Dem halben Johannes!

IRMA Der ist ein Pflichtmensch, der reibt sich auf in seinem Amt. Trotz der infernalen Schmerzen, die er stellvertretend für uns alle erleiden muss. *Zu Franzi, blasiert* Selbst für eine wie dich.

FRANZI *ist abgelenkt, sieht widerstrebend, aber doch gebannt durchs Fernglas.* Hui, den einen hat's aber ordentlich durchgeschüttelt, richtig von den Beinen geholt hat's den gerade!

IRMA Was kommt denn da aus seinem Kopf herausgeschossen?

HEDY Eine Fontäne wie am Genfer See.

FRANZI Ist das Blut?

IRMA Oje, den nächsten hat's die Schädeldecke gleich gründlich weggerissen.

HEDY Gehirne. So grau.

FRANZI Grau ist alle Theorie -

HEDY - und grün des Lebens goldener Baum.

IRMA Herrje, die wollen halt spielen, ein bisschen Goethe geht immer.

FRANZI *gönnerisch, leicht verächtlich* Jetzt schenken

sie sich ein, ja, schön voll die Gläser.

HEDY Fünf Martini.

IRMA Jägermeister.

FRANZI *hat genug von der Gewaltorgie, sie nimmt den Feldstecher runter, die anderen bleiben sensationslüstern dabei.* Ich brauch nen Kaffee. *In die Runde* Jemand nen Kaffee?

HEDY Der Pangraz will's zu Ende bringen. Donnerlittchen. Er zeigt auf die Uhr und scharrt mit den Hufen.

IRMA Ganz der Mephisto eben.

FRANZI Hedy, nimmst du Zucker?

HEDY Warum will er dem Typen plötzlich nicht mehr in den Augen sehen? Kapier ich nicht.

IRMA Ist das nicht der Ambros? Sieht aus wie der Ambros, der Knülch, dem sie die rote Augenbinde umgebunden haben, Hedy, nun sag halt auch mal was! *Nach einer Pause, perplex* Kackmarie, das isser!

Weil sie das Unheil vorausgeahnt hat, wirft Franzi ihr Fernglas in einem Anflug großer Hilflosigkeit, Scham und Verzweiflung in die Tiefe. Während Hedy und Irma nun etwas leidenschaftsloser, aber jetzt ebenfalls ohne Feldstecher, beobachten, balanciert die unter Schock stehende Franzi in der Zwischenzeit wie ein lebensmüder Artist auf dem Kuppeldach umher.

FRANZI Ich denk, ich mach mir ne warme Milch. Mit viel Honig.

IRMA Haben wir eigentlich noch Martini?

HEDY Der Ambros hat ihn nicht mal gehört.

IRMA Na schön, dann eben kein Martini.

HEDY Irma, denkst du, er hat ihn gehört?

IRMA Nö, der Ambros hat den Schuss nicht gehört.

HEDY Und gespürt hat er auch nichts. So wie der Pangraz sich mit seinem Schießeisen von hinten an ihn rangeschlichen hat. Auf leisen Sohlen.

FRANZI *nestelt an ihren Klamotten herum.* Das ist nur ein Spiel, oder? Bitte sagt, dass das nur wieder so ein Ventil ist, um Gewaltfantasien abzulassen!

IRMA Genickschuss. Das kann man eine Gewalt-fantasie nennen, Kleines.

HEDY Irgendwie gestrig.

IRMA Im Ostblock tötet man so.

HEDY In Belarus.

FRANZI Sicher ist es ein Spiel.

Schweigen.

Irma, du hast gesagt, es ist ein Spiel!

Schweigen.

Ihr sagt deshalb nichts, weil ihr mir die heiße Milch ausreden wollt, stimmt's?

Schweigen. Franzi leicht panisch.

Warum sagt denn niemand was?

Schweigen.

Okay, dann eben Martini. Der Drecksmartini!

Schweigen. Franzi packt das schlechte Gewissen,

reumütig.

Ich sehe es ein, ich hätte ihn nicht verstecken dürfen. Den Whiskey auch nicht. Das ganze leberzersetzende Zeugs. Tut mir leid.

Schweigen. Franzi spricht sich Mut zu.

Wisst ihr was, wir saufen uns total lustig und fangen morgen früh einfach von vorne an, in Ordnung?

Schweigen.

Dreizehnte Szene: Artischocken zum Schlachttag

Im Reaktorgebäude, das fast vollständig entkernt ist. Franzi, in abgerissener und mit Blut besudelter Schutzkleidung, läuft mehrmals gegen den kümmerlichen Rest einer stark verbogenen Blechvertäfelung an. Franzi stürzt, rappelt sich auf und nimmt erneut Anlauf. Bei jedem Aufprall scheppert es wie beim Einschlag einer Kanonenkugel. Nach der letzten Kollision bricht sie zusammen, die Lippen sind aufgeplatzt, Blut rinnt aus der Nase. Auftritt Hedy, die an sie herantritt.

HEDY Willst dich wohl umbringen.

FRANZI Bin schon tot. Glaubste wohl nicht?

HEDY Dem Ambros würden die Tränen kommen, wenn er dich so sehen könnte.

FRANZI Du meinst wohl, es ist eine Erlösung für

ihn, dass er jetzt tot ist?

HEDY Red nicht. Es ist bloß - *Sie stockt.*

FRANZI Was?

HEDY Nichts.

FRANZI Dass er jetzt Nachsicht üben müsste? Mit einer wie mir? Meinst du das?

HEDY Red nicht daher.

FRANZI Bei so nem Püppchen, das weder lesen noch schreiben kann, willst du sagen?

HEDY Nein.

FRANZI Natürlich hätte der Ambros was Besseres verdient gehabt als mich. Bereits drunten am Fluss. Keine Ahnung, warum ihr so lange beide Augen zugedrückt habt, die Irma und du, bei ner Liebesgöttin wie mir. Du siehst es ja selbst, nicht mal vernünftig um die Ecke bringen kann die sich! So ne Nulpe!

HEDY Sollst so nicht reden.

FRANZI Ihr hättet es mir ruhig sagen können. Dass ich nicht gerade als hellstes Licht im ganzen Lampenladen erstrahle, war ja vorhersehbar.

HEDY Als du im Kettensägenkino mit den Tränen kämpftest, fand ich's alarmierender.

FRANZI Das Falsche an der Rücksichtnahme ist deren ständige Rücknahme.

HEDY Du müsstest dich mal als Schauspielerin erleben. Einfach superb. Das würde dir die Koketterie austreiben. Weißt du, dass Jennifer Lawrence nie auf ner Schauspielschule war?

FRANZI Aber autonom unterwegs war die schon.

HEDY Meinst wohl *buchstabiert betont langsam* au-to-di-dak-tisch.

FRANZI *stützt sich auf, jetzt knieend.* Taktisch betrachtet hat der Pangraz alles richtig gemacht. Der und seine Sitzjule. Für alle unsichtbar. Von hinten eben. Bumm, bumm, tschak! hat's gemacht, und dann waren sie schon über alle Berge. Wie in Bulgarien -

HEDY *dazwischen* - Belarus.

FRANZI Wer war denn schon dieser Ambros, nur weil er den Schwachen eine Stimme gegeben hat? Als Dissident ein kleines Licht, ein Sandkorn im Getriebe. Du, hat der sich am Ende nicht zusammengetan mit einer, die Belarus nicht von Bulgarien unterscheiden konnte? Mmh, ich weiß nicht recht, was Besseres als den Tod kann der sich doch nicht erhofft haben!

HEDY Dummes Ding. Wer redet so?

FRANZI Geh nicht! Red nicht! Sieh nur, die Kleine kapiert's einfach nicht! *Empört* Wie ihr die letzten Jahre mit mir umgesprungen seid, du und die Fose von diesem Mordbrenner! Da soll man keine Minderwertigkeitskomplexe ausbrüten auf Dauer?

HEDY *inständig* Lass alles raus! Es ist an der Zeit.

FRANZI Aber ich sag euch was: Mein Heimgang

geht euch einen Scheiß an! Ich vermisste euch, besonders, wenn ihr bei mir wart. Ab heute bin ich nicht mehr eure kleine Franzi. Wie oder wann der Mensch aufhört, Mensch zu sein, ist schließlich seine Privatangelegenheit.

Franzi angelt sich einen Kuhfuß, auf den sie sich stützt, um auf die Beine zu kommen. Beim erneuten Versuch, ihr Leben krachend an der Metallverkleidung zu beenden, kreuzt Hedy aber beherzt ihren Laufweg und streckt die bereits entkräftete Franzi nieder.

HEDY Nächstes Mal spielen wir Shakespeare. Versprochen.

Franzi am Boden, nach Luft ringend.

Und die Regie übernimmst du mit, in Ordnung?

Franzi japst.

Die Katharina und die Oberspielleitung. Im Grunde alles. Du kannst es dir aussuchen.

Franzi schnauft.

Irma weiß Bescheid. Im Team sind wir unschlagbar.

Heimlicher Auftritt Irma, die sich verdeckt hält, stillschweigend. Sie beobachtet unbemerkt und argwöhnisch von der Seite.

FRANZI *wieder bei Atem.* Ich glaub, der Ambros hat mich nie geliebt. Nur Revolution und Entsagung, geschmuggelte Eisensägen und ausgerissene Buchseiten.

HEDY *plagt das schlechte Gewissen.* Ich muss dir was

sagen.

FRANZI Nein. Es hat sich erschöpft. Es geht sich federleicht, wenn alles Ausharren aufgebraucht ist. Ohne Groll. Ohne Illusionen. Ohne Rucksack.

HEDY *bricht es das Herz.* Red nicht.

FRANZI Kein Sterbenswörtchen in nie enden wollenden Jahren, zu keiner Zeit nur einen einzigen Brief. Denk nach, wir hatten die Vereinbarung, dass du mir daraus vorlesen solltest! Wie kann ein einzelner Mann bloß so viele Steine in seiner Brust umhertragen, ohne dabei umzufallen, Hedy, kannst du mir darauf eine Antwort geben?

HEDY Er hat dich geliebt, wann immer seine Gefühle es ihm erlaubten, an etwas anderes zu denken als an den eigenen Tod.

FRANZI Gütiger Gott. Redest ja wie ne Sphinx.

HEDY Geradeso steht's geschrieben.

FRANZI Heiliger Bimbam.

HEDY Mit schwarzer Tinte auf weißem Papier.

FRANZI Wundert mich, warum die Leute überhaupt noch schreiben. Bei den Kriegen, die unter den Sprachen toben. *Während der letzten Sätze scheint sie doch hellhörig geworden zu sein.* Wo - wo kann man darüber denn lesen? Über das seelische Kuddelmuddel in der Brust von dem Ambros?

Irma tritt von der Seite resolut aus der Rolle der stillen Beobachterin heraus. Wedelt geschraubt wichtigtuerisch mit Ambros' Brief.

IRMA Hier! Aber nicht so, wie du denkst.

FRANZI Was ist das?

HEDY *überrascht, zu Franzi* Ich wollt's dir erklären.

IRMA *zu Hedy* Was willst du der groß erklären? Dass du in den Ambros verschossen warst? Dass du ein neues Leben mit ihm beginnen wolltest? Dass du -

HEDY *dazwischen* - Natter!

IRMA Mit Kindern und dem ganzen Kladderadatsch.

HEDY Kinder? Willst du mal in meine Rinne schauen? Es gibt dort nichts, was gebären könnte. Als wäre ne Feuersbrunst durchgezogen! Oder ein Alien! Mein Unterleib ist so fruchtbar wie das Tal des Todes.

IRMA *zu Franzi* Oh, er hat sie vergöttert, dein Ambros. Hedylein hier, Hedylein dort. Ständig begehrte er nach neuen Heldinnenberichten aus der Ukraine, gewiss machte der Schriftwechsel ihn geil. Seine Briefe an Hedy lesen sich wie Marienverehrungen.

HEDY *zu Franzi, flehentlich* Sie hat sie abgefangen! Sämtliche Schreiben. Weil sie rasend war vor Eifersucht. *Auf Irma deutend.* Die hier hat es nie verwunden, dass der Pangraz sie gemieden hat wie der Teufel das Weihwasser.

FRANZI Irma sagt, eines Tages würde er auf einem

Schimmel angeritten kommen und um ihre Hand anhalten.

IRMA *anerkennend nickend* So ist es, Kleines. Der Pangraz und ich gemeinsam der Sonne entgegen.

HEDY *zu Irma* Geliebt hast du den Ambros. Vernarrt aber warst du in den Luxus. In den Reichtum und die Macht, die der Pangraz dir bis heute verwehrt.

IRMA Du lügst. *Sie wedelt erneut mit dem Brief. Wendet sich Franzi zu.* Hier steht sie geschrieben, die Wahrheit. Franzi, soll ich sie dir vorlesen?

HEDY *zu Franzi, beschwörend* Glaub ihr nicht! Keines ihrer Worte ist aufrichtig! *Sie deutet auf Irma, geht einen Schritt auf sie zu.* Die da würde dir aus dem Telefonbuch vorlesen wie aus dem Alten Testament, nur um dich aufzuwiegeln. Um ihren Kopf aus der Schlinge zu ziehen.

Franzi nutzt Hedys kurze Abgewandtheit, um der den Kuhfuß in die Seite zu rammen.

FRANZI *zur verdutzten und rückwärts wankenden Hedy* Fahr zur Hölle, sabberndes Gewürm! Legen wir das Urteil für die Arglistige gefasst in Gottes Hände, so fällt die Strafe für jene gar irdisch aus, die diese Heimtücke noch decken.

HEDY *klammert sich an das große blutverschmierte Nageleisen, das ihr aus der Seite ragt, torkelnd, aber bei Sinnen.* Sieh hin! *Deutet mit letzter Kraft auf Irma.*

Siehst du die Narbe in ihrem Gesicht? Das Fest. Die Nase. Erinnere dich, junges Ding! Keine der Verletzungen hat sie dir verziehen. Geblieben sind ihr die Schmerzen.

Franzi tritt misstrauisch an Irma heran, um deren Nase zu betrachten. Schlotternd fingert Irma in den Taschen ihrer Arbeitskombination herum, zieht einen Dolch heraus, mit dem sie Franzi drohend auf Abstand hält. Währenddessen krümmt sich Hedy am Boden und spuckt Blut.

HEDY *zu Franzi, unter Aufbietung der letzten Lebensgeister* Sie wird die Briefe nicht dir, sondern den Flammen überlassen. Aus Angst, ein anderer könnte aus ihnen berichten. Das viele Papier. Die ganze Wahrheit. Was für eine Verschwendung.

Hedy stirbt. Franzi macht keine Anstalten, von Irma abzurücken, deutet stattdessen auf Ambros' Brief.

FRANZI Gib ihn mir! Wenn es ist, wie du sagst, hast du nichts zu befürchten.

Irma drängt Franzi mit vorgehaltener Stichwaffe unmissverständlich in die Defensive.

IRMA Hol ihn dir, diesen gottverdammten Brief!

Während Franzi einen Schritt zurückweicht, greift sich Irma unvermittelt an Brust und Magen, dann an den Hals.

FRANZI Capricciosa.

Irma krampft.

Keine gute Wahl.

Irma krampft und zuckt, würgt nach etwas.

Du hättest die Diavolo nehmen sollen. Oder die Thai-Box mit Faltdeckel. Asiatisch. Nur dieses eine Mal.

In Franzis Redefluss hinein sinkt Irma unter heftigen Muskelkrämpfen zu Boden, hält dennoch wacker ihren Dolch zur Abwehr bereit. Mit der anderen Hand zerknüllt sie den Brief.

Der kurdische Pizzabote, erinnerst du dich? Hedy und ich haben dir das Trinkgeld immer abgezählt mitgegeben, im Vertrauen darauf, dass du es ihm gibst, wenn er danach noch die Post ausfahren muss. All die schweren Pakete.

Irma röchelnd, Schaum tritt aus ihrem Mund. Emotionslos und sehr gefasst umkreist Franzi die hinscheidende Irma.

Ich tippe auf die Artischocken. Artischocken sind ja erst einmal unverdächtig. Ne, der nimmt keine Pilze, der Pizzajunge, der ist ja nicht blöd, der tut nichts auf seine Pizza, was suspekt ausschaut und ihn danach hinter schwedische Gardinen bringen könnte. Gerade macht er eine Ausbildung zum Drohnenpiloten. Hat er jedenfalls erzählt. Für Amazon Prime. Ich finde, Kurdisch ist eine schöne Sprache. Ob er wohl lesen kann? *Zu Irma* Irma, denkst du, er kann lesen, unser Pizzacallboy?

Schweigen. Irma ist tot. Franzi kickt noch den Dolch von der Rampe, dann beugt sie sich zu der Leblosen hinunter, bricht den zerknüllten Brief aus Irmas zur Faust erstarrten Hand, zieht ihn anschließend am Boden glatt. Nachfolgend erstrahlt die gesamte Bühne in einem gleißenden Licht. Fast weiß. Die Bauten, die Anlagen sowie die Maschinentechnik und das meiste Inventar sind - wie erst jetzt sichtbar wird - bloß bildhaft, aber sehr detailreich und kulissenhaft aufgemalt, als wuchtig ausgearbeitetes Prospekt auf einem riesenhaften Vorhang. Franzi reißt den schweren Behang unter großem Radau und einiger Mühe zu Boden. Dahinter, in Gestalt eines weiteren Dioramas, ein im Bau befindliches Kernkraftwerk inmitten einer landwirtschaftlich genutzten Sommerlandschaft. Arbeitsbrigaden, bewaffnet mit Maurerkellen und Schaufeln. Optimistisch nach vorne blickende Arbeiter eines Kolchos auf einem Traktor. Der untaugliche künstlerische Versuch, Themen aus dem Arbeitsleben und der Technik des geschönten Alltags mit den verklärenden Mitteln des sozialistischen Realismus in den Vordergrund zu stellen. Franzi steht wie eine Miniatur davor.

Gut möglich, dass ich ihn Ambros nenne. Natürlich nur, wenn es ein Junge wird. Jedenfalls machen wir erst mal Ferien auf dem Mond.

Sie zerknüllt den Brief. Lässt ihn fallen.

Die werden genau so, unsere Tage, die bilden wir uns nicht ein.

Dunkel.

Ende

Über das Stück

Das Land steht unter Strom. Aber es ist sich nicht einig, in welche Richtung die Weichen gegen Treibhausgase und die drohende Klimaerwärmung gestellt werden sollen. Noch gehen Franzi, Hedy und Irma dem Kraftwerkstorso beim Rückbau beherzt an die Armierung, ansonsten aber verengt sich der Ausblick auf die Energiewende zur ideologischen Schießscharte. Unter der Kernreaktorkuppel begreift sich das Matriarchat als neue Avantgarde, als privilegierte Vorhut einer Arbeitsbrigade, die der Nation den Weg in eine grüne Zukunft weisen soll. Doch draußen lodern bereits die Feuer des Aufruhrs in den Torfmooren, sägen Partisanen an den neuen Stromtrassen, mit denen die Energiebarone von gestern den Reibach von morgen machen.

Währenddessen lässt es sich das rastlose Trio nicht nehmen, die Arbeitstage im wohltemperierten Abklingbecken für Kernbrennstäbe ausklingen zu lassen. Tropical Island in der Turbinenhalle, Laienspiel-Theaterabende im verwaisten Generatorenhaus, eisgekühlte Drinks zwischen korrodierten Kühlmittelpumpen - was als vermeintlich arbeitnehmerfreundliche Wellness-Maloche jede Comedy-Bühne zum Beben bringen würde, schaukelt sich in diesem Szenario - nach einigen verblüffenden Wendungen

- zu einer kost- und logisfreien Schreckensgroteske auf. Das Anforderungsprofil und die Stellenbeschreibung sind ein Witz, und als die Einsicht siegt, dass Arbeit, Leben und Freizeit sich unter dem strahlenden Hut eines Industriedenkmals schnell erschöpfen, taugt das Savoir-vivre höchstens noch als Trugbild in der Einöde eines mit Stacheldraht umzäunten Areals und hinter meterdicken Stahlbetonwänden. In der Diaspora entwickelt die abgeschaltete Stromfabrik sukzessiv ihr Eigenleben als rigider Frauenknast. Längst klauben sich darin unfruchtbare Matronen ihre Zukunftserwartungen aus den Trümmern traumatischer Erinnerungen zusammen.

Selbst die scheinbar krisensicheren Jobs entpuppen sich in diesem nur leicht dystopischen Frauendrama als Elendsplackerei für den autoritären Landeshauptmann Pangraz, in den sich Irma unsterblich verknallt hat, für den sie aber nur neuen aus alten Schrott gewinnt, schwach radioaktive Liebesbezeugungen, die bis zum Schluss unerwidert bleiben. Als Franzis Geliebter Ambros, der als revolutionsfester Stenz dem Klassenkampf wie ein Peer-Gynt-Widergänger hinterherhechelt, durch Pangraz' Kugel stirbt, ist die Lunte gelegt für den blutigen Schlussakkord im Stil einer griechischen Tragödie.

Zerschossene Hoffnungen und bigotte Unterwürfigkeiten haben die fleißigen Lieschen geschliffen und schicksalshaft ins Rattenloch der Big-Data-Ära gespült. In der kafkaesken Verbannung sind sie frei von jedweder Schuld, die Verrohung der Welt vollzieht sich außerhalb ihres Anschauungs- und Erfahrungshorizontes. Das Drama „Die Liquidatorinnen" generiert surreale Momente um tragikomische Existenzen, Alltagsbeschreibungen monströser Arbeitsleben. Der Autor Thomas Herget entwirft beklemmende Bilder des Ausgeliefertseins, der Vergeblichkeit von Sprache und Bewegung, die über das Schicksal seiner Figuren hinausweisen.

Gewährt werden Einblicke in die verstrahlten Ecken zukünftiger Arbeitswelten, in denen das düstere Bild einer Gesellschaft aufscheint, die mittlerweile zwar virtuos die sozialen Medienkanäle zu bespielen gelernt hat, sittliche Entscheidungen aber generös der kapitalistischen Kältekammer anheimgibt. Der Kosmos, für den sie Großreinemachen, hat seine infertilen Arbeitsbienen im Grunde schon mit der Kraftwerksstillegung vom Netz genommen, die physische Demontage der Habitate folgt jetzt nur der schrittweisen Verächtlichmachung und Vernichtung der in ihnen lebenden Individuen. Es ist eine Welt, in der die Existenz des Einzelnen nichts zählt, seine mögliche Funktionsfähigkeit für die Gemeinschaft aber am Ende seiner Tage erneut geprüft wird.